全民微阅读系列

北极的春天
BEIJI DE CHUNTIAN

许仙 著

江西高校出版社
JIANGXI UNIVERSITIES AND COLLEGES PRESS

图书在版编目（CIP）数据

北极的春天/许仙著.—南昌：江西高校出版社，2017.6

（全民微阅读系列）

ISBN 978-7-5493-5639-3

Ⅰ.①北… Ⅱ.①许… Ⅲ.①小小说—小说集—中国—当代 Ⅳ.①I247.82

中国版本图书馆CIP数据核字（2017）第142351号

出版发行	江西高校出版社
社　　址	江西省南昌市洪都北大道96号
总编室电话	（0791）88504319
销售电话	（0791）88592590
网　　址	www.juacp.com
印　　刷	北京一鑫印务有限责任公司
经　　销	全国新华书店
开　　本	700mm×1000mm　1/16
印　　张	14
字　　数	160千字
版　　次	2017年10月第1版 2020年7月第2次印刷
书　　号	ISBN 978-7-5493-5639-3
定　　价	36.00元

赣版权登字-07-2017-688

版权所有　侵权必究

图书若有印装问题,请随时向本社印制部(0791-88513257)退换

目录

第一辑　头一要干净　　/001

打树　　/002

上香　　/005

李先生　　/008

头一要干净　　/011

烧头香　　/015

从古到今的桥　　/017

只养一种草的草坪　　/020

反串角色　　/022

名人速成　　/024

父亲送礼　　/027

会治国　　/029

时代的养母　　/032

大家都在找什么　　/035

我们需要一把自身干净的扫帚　　/038

自称是人的苍蝇　　041

一根筋同志没问题　　/044

001

第二辑　上帝难做人　　/047

新生志愿　　/048

破烂换糖　　/051

上天堂的标准不能降　　/055

上帝的一碗阳春面　　/058

上帝难做人　　/061

上帝失手　　/064

上帝的法力　　/066

人呀,你们在想什么　　/069

上帝的新诗　　/072

扑杀　　/075

破碎的灵魂　　/078

你哪个天堂的　　081

来生做个永垂不朽的人　　/084

好人一生不安　　/087

黑匣子　　/090

皮囊　　/093

第三辑　北极的春天　　/097

大禹三过家门而不入之谜　　/098

给楚王打工　/101

故事新编　/102

北极的春天　/105

百岁问题　/108

红皮　/110

阿 Q 和小 D　/113

永恒的魅力　/115

雄土节　/117

为跌下而造的塔　/119

山里有两个村子　/121

绿色藤蔓　/123

假如重拍《皇帝的新装》　/126

慷慨　/129

"及时雨"英雄事迹采写录　/131

奔跑　/133

第四辑　枷锁的歌手　/137

毒誓　/138

孝心痛　/141

你把爱情给了谁　/144

枷锁的歌手　/146

加塞人生　/149

二代奶　/152

好好女士　/155

老人石寒鸦　/158

混账手机　/161

每个人的锁　/163

男人赵云　/166

水边　/168

雪莲花　/170

照片外面的人是谁　/173

岳母家的猫　/176

你是一只桶　/178

第五辑　情人节礼物　　/181

羊跳崖　/182

想去一个地方　/184

放学了　/186

情人节礼物　/189

老尚的雅号叫"各位观众"　/191

出秧　/193

大坑　/196

单车　/198

第一千零一种爱　/201

清晨的茉莉花　/203

这辈子你去过哪儿　/207

捡只破皮鞋回家　/209

燕子南　/211

我们头儿　/212

三叔的茶壶　/214

第一辑

头一要干净

打　树

　　李正第三次被送入市人民医院抢救时，已是一盏熬干的油灯，奄奄一息；病情恶化前他曾交代过老伴，别再让儿女花那昂贵的医疗费了，他心里有数，自己已命不久矣。但儿女是极其孝顺的，毫不犹豫地又把他送入市里最好的医院。李正在高干病房几度昏迷，主治医生是该院副院长，卑微地对李赛白道："李书记，非常抱歉，能做的我们都做了，医院已经尽力了，您看是不是按老人家的意思回去吧，晚了怕……"昏迷的李正老眼潮湿，枯枝般的手死死抓住老伴不放；老伴抹着泪，对儿女说："你爹想回家过年，你们就随他的心愿吧。"李赛白和李赛红这才送父亲回家。

　　这天是年廿九，李赛白和李赛红回到老家就奔进奔出的，要给父亲过一个热热闹闹的年。李赛红和母亲把家清扫干净，又准备红包、烟酒茶和糖果；李赛白忙着张灯结彩，门是对联，窗是福字，大红灯笼挂檐下，他还准备了宝烛、香、鞭炮和烟花。家里亮堂堂的，飘出煮粽子和炒瓜子的香息，乡亲们纷纷前来探望；李正回家后神志反而清醒了，时不时地睁开眼来。李赛白和李赛红在父亲床前守了一夜，见父亲病情平稳，也松了一口气。

　　第二天上午，李赛白的妻子带着孩子、李赛红的丈夫带着孩子，早早地赶来乡下。家里有孩子就热闹就喜庆了。李正忽然有了精神，叫老伴扶他坐起身来，要看一看孙女和外孙子，瞧着孩子们跑进跑出的,枯槁的脸上终于露出久违的笑容。他握着老伴的手,老眼朦胧起来,老伴轻轻地替他念道:"在家好,在家好。"下午,李赛红和嫂子下厨,准备了一顿丰富的年夜饭;大家把饭桌移到父亲的床前,让李正靠在床上吃饭。见父亲精神好,大家也开心,有说有笑的,一个个向父亲敬酒,祝他长命百岁;李正居然喝了一杯酒,还吃了半碗饭,脸红扑扑的。他累了,躺了下去;但他笑微微地望着大家,有了神色的眼睛一个个地看过来,慢慢地。

吃过年夜饭,孩子们出去放鞭炮、放烟花,卧室的窗口忽亮忽亮的,红红绿绿得非常好看。饭桌撤走了,老伴和女儿、儿媳妇收拾干净后,再次回到他床前;李正伸出手来,吃力地比画着。李赛红问母亲,爸爸说什么?"打树。""打树?"李赛红问父亲,李正点点头。儿媳妇愣愣的,但李赛红连忙朝父亲说:"好。打树。我们打树。"

打树是李家大年三十必备的传统节目。院子的围墙里种着两棵树,一棵梨树,一棵桃树,分别是李赛白和李赛红出生那天李正种的,如今已有四十岁和三十八岁了,是方圆百里以内两棵顶天立地的大树,令乡亲们羡慕不已。乡亲们但凡教育起后代来,必以李家儿女为榜样。李赛白和李赛红自有记忆起,每年吃过年夜饭,父亲就操起门闩,李赛白便自觉地躲在自己的梨树后,李赛红也学哥哥样,躲在自己的桃树后;李正借着几分酒力,先打梨树,边打边问:"来年多开花多结果?"李赛白就在树后应:"来年多开花多结果。"李正又边打边问:"决不开谎花?"李赛白又答:"决不开谎花。"轮到桃树,也是这番打问与应答。小时候李赛白和李赛红只觉得好玩有趣,树又不是人,父亲这么做,难道它来年就真的多开花多结果了?就决不开谎花了?

后来,李赛白和李赛红都大了,大学毕业,参加工作,回家过年,李正依旧热衷于打树,让两个成年人躲在树后,他边打边问:"来年开红花结红果?"李赛白就问:"我是梨树,怎么开红花结红果呢?"李正醉醺醺地说:"我怎么问你就怎么答!来年开红花结红果?"李赛白就应:"来年开红花结红果。"李正又边打边问:"决不开黑花结黑果?"李赛白又答:"决不开黑花结黑果。"

再后来,李赛白和李赛红升职了,当官了,从商了,发达了,回家过年,李正还是热衷于打树,让两个大人躲在树后,他边打边问:"来年开白花结善果?"李赛红就问:"我是桃树,怎么开白花结善果呢?"李正醉醺醺地说:"我怎么问你就怎么答!来年开白花结善果?"李赛红就应:"来年开白花结善果。"李正又边打边问:"决不开毒花结恶果?"李赛红又答:"决不开毒花结恶果。"

孩子们不知道打树是怎么回事?好奇新鲜,吵吵闹闹的,院子可热闹了;李赛红将门闩交给哥哥李赛白,自己拉着侄女躲在梨树后,李赛白边打边问:"来年多开花多结果?"李赛红就教侄女应:"来年多开花多结果。"李赛白又边打边问:"决不开谎花?"她们又答:"决不开谎花。"接着是李赛红打树,李赛白拉着外甥躲在桃树后……

卧室里,李正笑微微地望窗外,慢慢地合上老眼;他太累了,去那边休息了。

上 香

　　李城刚生,才裹上蜡烛包,就被父亲李纪文抱去他大伯家;李家列祖列宗的牌位都供在大伯家东头的屋子里,前三排后三排,错落有致。李城的爷爷点烛点香,跪拜,敬告列祖列宗,李家又添男丁后,将香插到香炉里。接着是李纪文抱着李城跪拜,祷告,谢祖宗。随后,李城的大爷爷李大伯,原本一团和气的脸严肃得要命,他从第一位举人老爷开始,让李城逐个认祖,他唱一位,李纪文就抱着李城拜三拜;拜完最后一位,认祖归宗的仪式才算完成。门外顿时鞭炮齐鸣,震天动地。

　　李家在唐村是大户人家,祖上出过秀才、举人和进士,现在有高考文科状元和大学生;虽说没什么响当当的大官,但都有出息。即使在老家务农的李家人,也与众不同,都文绉绉的,言谈举止十分和善;村里有什么纠纷,习惯找李大伯公断。李大伯一团和气,把大家叫拢来,三对六面地说个清楚,该东东,该西西,一碗水端得让人心服口服。三乡五里对唐村李家直翘大拇指,教育后人,无不以李家为榜样;但怎么学,也只是学到点皮毛,因为李家规矩很少有人家做得到。每年正月初一,唐村热闹非凡,李家子孙不论远近,必到大伯家给列祖列宗上香,一潮一潮的;前脚进门,个个鸦雀无声,毕恭毕敬地鱼贯而入,双手合十,夹三炷香,来到列祖列宗面前。

　　李大伯轻咳两声,大家就静音,默默地站上好一会儿,脱去

身上的一些东西后，他才从第一位举人老爷开始，让大家逐个认祖，他唱一位，大家拜三拜；拜完最后一位，这年的认祖归宗仪式才算完成，大家依次将手心的香插到香炉里，默默退出来。年年就这么些祖宗，认了又认，八岁的李城觉得无聊，问父亲他能不去吗？结果一早就被父亲用戒尺打了手心，让他长记性。父亲说这是认祖归宗，你连祖宗都不要，是忘本；而做人最重要的，就是要清楚自己是谁的儿子，谁的孙子，谁的后代。李城含泪给祖宗上完香后，父亲又责令他将列祖列宗一个不漏地背出来，才有饭吃。

在那个特殊的年代，村里有家破落户，儿子叫夏长健，是李城的同班同学；读初二那年夏天，夏长健带了一帮同学，押着李城闯进他大爷爷家，将家里列祖列宗的牌位和一些古书，搜出来，堆在院子里一把火烧了。大爷爷闻讯从地里赶来，像野兽一般号叫着，扑向熊熊燃烧的火堆，抢出三块滚烫的牌位，紧抱在怀里；夏长健举起棍子，将大爷爷打倒在地，几个同学又乱棍相加。大爷爷在地上滚来滚去，双眼充血，大声吼道："谁不是爹生娘养的？谁没有祖宗呀？你们回去问问自己的父母……"夏长健又是一棍，大爷爷就哑了。李城挣扎着，却被同学揪得紧紧的。夏长健上前，牌位被昏迷的大爷爷抱得紧紧的，他像掏心一般费力才掏出来，一把扔进火堆中。这天夜里，谁也无法把大爷爷劝走，他默默地跪在灰堆前；于是，李家子孙一个个跪在大爷爷身后。这让李城始终有种犯罪感。但即使是那个年代，李家人依旧每年正月初一，都赶回唐村，毕恭毕敬地对着空荡荡的屋子，跪拜；大爷爷从第一位举人老爷开始，他唱一位，大家就在心里默记一位，拜三拜，拜完最后一位，这年的认祖归宗仪式才算完成。

后来李城读了大学，在县里工作，当了个不大不小的官。他的同学夏长健,高中没毕业,就在外面混;时来运转,做了包工头,工程承包项目越做越大,富甲一方;他不但在老家造了阔绰的别墅,而且还弃商从政,在县里当上了比李城更大的官。一时间,夏家成了三乡五里学习的榜样。有人谈论起同村的李家,夏长健就笑其迂腐,说这种人家抱堆烂木头不放,能有多大出息呀;上香上香,祖上香有个屁用!如今经济社会,什么不靠钱砸出来呀?就我夏长健,一个都能把李家所有的列祖列宗踩在脚下。他在县城有几处房子,而且把家搬到省城,据说马上要去省城当大官了。

李城是李家孙子辈中的长孙,将来是要承接列祖列宗牌位的;但他在县城的家不大,才九十来平方米,经他建议,李家子孙集体捐资建了一座不大的李氏祠堂,专供列祖列宗的牌位。门前有一副对联:耕读传家久,诗书济世长。这时候他大爷爷已经过世,牌位供在他大伯家里。祠堂建成后,第二年正月初一,李家举行隆重的仪式,将列祖列宗请入祠堂。大伯从第一位举人老爷开始,他唱一位,大家就拜三拜,拜完最后一位,这年的认祖归宗仪式才算完成,大家将手心的香插到香炉里。门外顿时鞭炮齐鸣,震天动地。

第二年春天,主管农业的副县长李城去省城,参加全省春耕现场会,亲眼看见了做报告的夏长健被纪委逮走了。他心里一动,但随即就平静了。

至今,唐村李家依旧安安静静的,该读书的读书,该下田的下田;唯有到了正月初一,在外的李家子孙赶回老家来,给列祖列宗上香。这是李家雷打不动的规矩。

李先生

唐村李家有座私塾学堂,墙内有株参天杨树,树荫半爿天,油亮叶子沙沙作响,疑似雨密;孩子们瞧窗外:哇!阳光灿烂。每年台风,总有三两枝被风雨折断,掼在墙里墙外,一地狼藉;年复一年,树身上布满了眼睛般的伤疤,却至今傲然屹立。新中国成立后,私塾学堂改为唐村小学。十年前,镇上有了中心小学,唐村小学又改为村幼儿园。李继开先生是唐村最后一位私塾先生李承启老先生的长孙,全国特级教师,他教的中学生有考上清华北大的,如今博士不消说,连院士都有,可谓桃李满天下;他从省重点中学——县一中退休后,谢绝母校及其他中学的高薪返聘,悄悄回到唐村,担任村幼儿园园长,而且还是义务的;唐村人都敬称他李先生。

李先生微胖,国字脸,戴副宽边眼镜,灰白头发倒驳,穿一身黄色唐装、一双圆口布鞋,笑微微地走在晨曦中,他手牵的孩子就一个个地多起来,等他走完村子,就有十来双小手牵小手。父母都外出打工了,李先生领着这些留守儿童来到私塾学堂,在高大杨树下做"开心操"。他们朝太阳舒展双臂,大声喊:"我爱你,太阳!""我爱你,爸爸妈妈!""我是个好孩子!"……他们又叫又跳,笑声朗朗,每天从欢笑开始。上午,李先生在院子里教孩子唱《三字经》,每天唱一两句,第二天唱会前面的,再唱新的。三年下来,孩子们会唱《三字经》、《百家姓》和《弟子规》。幼儿园另有一名阿姨,负责孩子用餐和午睡;午睡后,李先生视天气情况,或让他们在私塾学堂里,玩丢手绢、老鹰捉小鸡、踢房子、跳牛皮筋……或去田野,闻闻泥土和庄稼,让孩子说说自己闻到的气息;仰望天空和云朵,让孩子说说,哪朵云像什么?哪朵云又像什么?清澈如镜的小河上为何飘着天上的云朵?他和孩子一起闭上眼睛,看自己心里有没有小河和天空?有没有云朵?有的说看到了,有的说没看到;没有看到的,他就和他们再仔细地观察天空和小河,再闭上眼睛,好好地想想刚才看到的。

村里在私塾学堂前划出一块地,作为幼儿园的实验田。田里较重的活,都是李先生和阿姨完成的;但干活时,孩子样样都参与。他教孩子如何识别麦苗和杂草,如何除草;经过田埂边的水沟时,他问孩子水沟边的杂草要不要除呀?他们说要。他就讲水沟边的杂草如何保护泥土流失;再比如虫子,像蚊子,他教孩子毫不犹豫地拍死它,但对于七星瓢虫,他又教他们保护,因为这是益虫,像蜜蜂、天牛……孩子们不懂,但不懂没关系,只要知道草和昆虫,都有好坏之分。人也一样。他教孩子给庄稼浇水,他们边干边玩,一个个脏得像泥菩萨,但非常开心,知道劳动是件开心的事情。

李先生还教孩子画画,各种颜色的粉笔盒放在地上,让孩子自己挑,在地上画自己想到的东西,比如太阳、月亮、小河、田野、庄稼和人……他从不要求孩子画完整,表达什么意思;只要求他们按照自己心里有的东西,把它们画出来:太阳可以是黄色的,月亮可以是红色的,小河可以是绿色的……在画人方面,他要求孩子画自己熟悉的人,他们天天想的在远方城市打工的爸爸妈妈;他总是笑微微地问:"你画的是谁呀?""爸爸妈妈。""为什么爸爸脸这么长呀?""爸爸……""为什么妈妈脸这么圆呀?""妈妈……"对于画不出爸爸妈妈的孩子,他就问:"我们是谁生的呀?""爸爸妈妈。""那我们要不要记住爸爸妈妈呀?""要。"

下雨天,李先生让孩子自己撑伞,尽管撑得东倒西歪,尽管到私塾学堂时,衣服都淋湿了,但他坚持这么做;让孩子脱下湿衣服,钻进被窝里,静静地听他讲故事:孔融让梨、司马光砸缸、匡衡凿壁偷光……孩子们还沉浸在故事里呢,阿姨已从各家各户收来衣服,让孩子们穿上。有天放学,忽然下起雨来,谁也没带伞,李先生就和孩子手牵手,从容地走在雨中,唱着歌儿回家。第二天,李四奶奶的孙子发高烧,孩子父母又不在家,李四奶奶吓得老泪纵横,万一出啥差池,她咋做人呀?李先生背起孩子赶往医院,事后把他留在家里,精心照顾,并督促他锻炼。唐村人对李先生的敬重,那是毋庸置疑的,他是李承启老先生的长孙,不但容貌像老先生,气度和风范也极像;经他启蒙的孩子,有爱心,品德高尚,德智体发展全面,求知欲强,县一中及其附小都抢着要。

一晃十年过去了,古杨树依旧标志性地矗立在私塾学堂内,李先生也还是村幼儿园园长。他刚回唐村时,写一手漂亮瘦金体字;国画也画得好,三两片绿叶儿弯弯的,有米黄色的暗香袭人,便是《天生一段香》;几重山水,遥看草色近却无,便是《一片春》。如今,他的画已朴素到只有青菜茄子南瓜葫芦,字也不再是漂亮瘦金体,而是笨拙得可以;他的书房里挂着一幅自拟的对联:"小径容我静,大地任人忙。"怎么看,都像是哪个顽皮孩子胡乱画的。

头一要干净

李城看完新闻，关了电视机，给父母打电话。每天这个时候，他都打电话回家。雷打不动。他若晚了，父母就会打过来。十多年了。习惯了。打完这个电话，父母就该洗洗安心地睡了。唐村比城里夜得早，也夜得长；八点不到，外面已很少有人走动了，连月亮和星星也在天庭打着盹儿。

"家里好吗？"

"好。"

"爸爸好吗？"

"好。"

母亲说："都好，你放心吧。你自己也要注意身体，孩子和媳妇好吗？"

"好。您放心吧。"

"嗯。有空来嬉，叫孩子和媳妇一起来。"

"会的。妈妈再……"

李城刚要挂电话，母亲补充说："你四奶奶昨儿个去了趟医院，今儿个回来了。已经好了。"

"四奶奶啥病呀？"

"老毛病。"

"严重吗？"

"没事了。好了。你放心吧。昨儿个晚上想跟你说来着，你爸

不让说,怕你担心。今儿个没事了,好了,你四奶奶吃得下一碗粥了。"

"那就好。再会,妈妈;跟爸爸说一声。"

"好。再会,再会。"

李城放下手机,从媳妇手上接过茶杯,呷了口,茶杯托在手上道:"我明天去庵前村调研,离唐村一炮仗路,中饭我就不吃了,去看一下四奶奶。""他们会放过你吗?""现在都是工作餐,强留也没啥意思;再说,还有赵副县长和另外两个农业局的同志一起去的,有他们在就行了。""好的。""你准备点东西。""你放心,不会让你空着手去的。""那就好。"

第二天一早,媳妇拎着大包小包,跟李城出来,把东西放到他车上;叮咛他,哪几包是给四奶奶的,哪几包给公公婆婆的,别搞错了。李城没往心里去,搞错了又有啥关系呢?上午,在庵前村开了一刻钟碰头会,就满地跑,三家乡村企业、两家农庄和七八户人家,一圈下来,回到村里很晚了。李城就向大家请假,说午饭就不在这儿吃了,他回唐村看个病人。"李书记怎么不早说呢?"村支书急得跳脚,要准备礼品;李城说不用,他让媳妇准备了。村支书硬要拖住他,等人拿来礼品再走;李城笑道:"你别害我呵,东西谁都不能拿。"

李城回到家已经十二点多了。父亲在午睡,母亲听说他饭还没吃,急得跟啥似的,埋怨儿子事先也不来个电话,就叫父亲起来杀鸡,她呢,要去地里割菜。李城东西一放,咧着嘴傻笑,把父母拦了下来。厨房间还有碗冷饭,他就叫好来,问母亲要了两只鸡蛋,又在门前花盆里摘了把葱,就自个儿炒了碗蛋炒饭。那个香呀,李城直夸好吃。母亲有些埋怨地望着他。父母大半年不见,依旧老样子。父亲不睡了,给他泡了杯茶,就说母亲不听他的话,偏要告诉他。母亲骂他马后炮,知道儿子会回来咋不早说呀。父亲也咧着嘴傻笑。父子俩笑起来活脱活像。李城喝了杯茶,就起身说去看四奶奶。

四奶奶家不远,四爷爷五年前过世了,儿孙们都在外面,就她一个人守着老屋。太阳热蓬蓬的,齐肩高的篱笆墙郁郁葱葱的,间或盛开着朵朵木槿花。四奶奶站在篱笆墙边,一只手挎着竹篮,一只手采着树叶。"四奶奶好。"四奶奶见是李城,就哎唷唷地叫起来,说:"我的宝贝呀,你咋回来了?"李城说:"我来看看您。四奶奶。"四奶奶就骂李城的母亲海马屁打仗,我身体好好的,你回来作啥?李城就傻笑,说今天他在隔壁村里有事,顺路来看看您。四奶奶说:"你来就来呗,还买这么多东西做啥?"李城说:"都是家里的,没什么。"四奶奶亲昵地朝他白白笑眼,不无埋怨道:"你家开店呀。"李城顿时愣了一下。

"四奶奶,您感觉怎么样?"

"你是指身体吗?好,好。"

李城放了东西,帮四奶奶一起采树叶,问:"今天七夕节?"四奶奶说:"就是。你这么忙,还记得呀?"李城哪记得?他是见她采木槿叶才想到的;他说:"怎么会忘呢?小时候,我每年都给四奶奶采的。"四奶奶说:"城里是不作兴用这个的。""还是这个好,绿色,卫生;城里人用的,都是化学品。""老了,就念个旧;今天洗个头,干净一整年。""四奶奶,很多旧东西,都是好东西,可惜现在的人忘得快,眨眨眼就丢光了。"祖孙俩边采边白话,见满满一篮,李城说:"四奶奶,您去烧水吧。我去揉出来。""哎唷,我的宝贝呀,你去忙你的,我自己慢慢来好了。""没事,四奶奶;今天碰巧了,就让我给您洗吧。""哎唷唷……"四奶奶抹了下湿答答的老眼,说这怎么是好呵,就进屋去了。

李城蹲在屋檐下,篮子浸在木桶里,一下下地用力揉篮里的树叶,木槿叶的汁液从竹篮里渗出来,半桶水变得稠稠的,青青的,飘着植物的清香。李城在院子里,在阳光下,准备了椅子、方凳、面盆和毛巾,又从井里吊上来水,一切准备就绪;四奶奶烧开水后,李城就请四奶奶坐在椅子上,亲手给她洗头。李城洗得很轻,也很仔细;但四奶奶的头发碰碰就掉,出了三回清水,李城问:"可以了吗?四奶奶。""干净了吗?头一要干净呵。""嗯,干净了。"李城用两块干毛巾给四奶奶擦了头发,看腕表,快两点了,就匆匆地告辞了。

李城赶回庵前村,继续调研。

傍晚回家,李城在餐桌上跟媳妇说起唐村之行,说起四奶奶,就说这做人呀,头一要干净,并问这些礼品是哪儿来的?媳妇说家里的。李城没好气道:"你家开店呀。"他叫媳妇上超市买份同样的礼品,明天他亲自退回去。

烧头香

从前有座山,现在有座庙,庙里塑了个大菩萨。

从前的山叫清凉山,现在的庙叫普济寺,庙里的大菩萨大慈大悲,有求必应,非常灵验;所以普济寺虽是新造的,年纪不大,名声却不小。谁不知道清凉山玉女峰,乃玉皇大帝的凡间行宫,避暑山庄?谁不知道商周时有樵夫刘郎,误闯了玉女峰禁地,却因祸得福,羽化成仙?谁不知道春秋战国时期,本地有位黄将军杀人无数,可谓"一将功成万骨枯",衣锦还乡,游览清凉山,彻悟后立地成佛?谁不知道唐时有位高僧,在玉女峰结庐修行,摩崖凿壁,留下佛迹?谁不知道……说实话,十几年前还真的谁都不知道;但建了普济寺,人们才听说这荒山老林有如此之多的典故,传得有鼻子有眼的,人们愣归愣,知道此种事不可全信、不可不信。

如此一来,普济寺倒成了一座历史悠久、源远流长的"古刹"。

几年前,县城有个张老板身陷困顿,偶遇此寺,焚香拜佛捐钱,许下宏愿;哪料到他下山后真的咸鱼翻身,在商场上抢得先机,左右逢源,财源滚滚达三江。第二年重上玉女峰还愿,捐了大笔钱。此事一传十十传百,搞得路人皆知;普济寺顿时名声大噪,四乡百姓争相进香,香火极盛。但凡来过普济寺的善男信女,无不称赞菩萨灵验。邻乡有位女明星,出道多年,婚前因绯闻而红遍大江南北,婚后又因绯闻而惨遭封杀,大前年底返乡,听家人说普济寺灵验,前年初一烧了头香;果然东山再起,连接两部电视连续剧,再度一炮而红,二炮而紫。女明星太忙,无暇返乡来普济寺还愿;但她饮水思源,不忘托家人了却心愿,成为一时美谈和永久佳话。

于是,当地烧头香的风气盛行:大年三十,夜上玉女峰,到普济寺烧初一的头香。

就说去年烧头香吧。早在两个月前,就陆续有人上山来预定,却被掌管普济寺的大和尚惠明大师,一一推脱了。直到年底,儒商黄祥品来访,他可是本县数一数二的人物,腰缠万贯,却儒雅得很,怎么看都像个书生;他进香拜佛,与惠明大师畅谈佛法,相交甚欢。临走时,随从献上现金支票,数目大得令大师咋舌。无功不受禄,大师坚拒;黄祥品淡淡一笑道,烦请大师行个方便,让黄某烧个头香便是。大师爽快地答应了。

第二天是十二月廿九,上午,赵副县长的秘书找上门来,说赵县长要来烧头香;惠明大师面露难色,还未等他说明缘由,李秘书就说,当初批建普济寺的报告卡在市佛教协会,是赵县长亲自跑去疏通的,现在来烧个头香,大和尚还推三阻四的……惠明大师还能说什么呢?只得答应。这一女嫁二夫,如何是好?惠明大师找寺中管事的和尚商议,半天没有结果。最后,还是惠明大师的师叔老和尚指明了一条道路。他说,菩萨跟前何时缺少烧香呀?俗话说心诚则灵;关键不是他们是否烧到了头香,而是要让他们觉得自己烧到了头香就行。一番话让惠明大师醍醐灌顶,茅塞顿开,赶紧安排各项事宜。

大年三十中午,惠明大师让众弟子肃清滞留在寺内的香客和闲杂人等,一切准备就绪;下午两点十八分,惠明大师带众弟子,恭候儒商黄祥品进寺,迎入西厢,沐浴更衣,点烛焚香,在佛祖面前唱诵解结咒,替他解灾解难解恨解仇……解后,用过斋饭,静候吉时烧头香。两个时辰后,即六点十八分,惠明大师带众弟子,恭候赵县长进寺,迎入东厢,用过斋饭,沐浴更衣,点烛焚香,在佛祖面前唱诵解结咒,替他解灾解难解恨解仇……解后,静候吉时烧头香。

新年的钟声响了。

雄壮、浑厚、温柔而又纯净的钟声,在山谷中回荡,如同回肠荡气的咒语,令世间万物沉浸在安谧和寂静的甜蜜中;黄祥品踏着钟声,迈入大殿,零点零八分,惠明大师领其在菩萨面前献上第一炷香,并赠以好运符。随后有小和尚挑灯,送黄祥品从后门下山。一点一十八分,惠明大师将赵县长接到大殿,领其在菩萨面前献上第一炷香,并赠以平安符。随后有小和尚挑灯,又送赵县长从后门下山。因为前门外早就堵满了烧头香的远近百姓。

"南无阿弥陀佛!"惠明大师回禅房念经,闭门不出。

去年,又是一个经济寒冬年;在这寒冬里,儒商黄祥品恰似傲霜斗雪的寒梅,一枝独秀。而赵县长却被双规了,罪名非常普遍,腐败分子该有的罪名,他都有。民间却另有传说:说黄祥品之所以大发,是因为他烧到了头香,真正的头香;而县衙门有那么多腐败分子,人家都不倒,偏偏赵县长倒了,就因为他烧的头香,不是头香,而是二香。这二香怎么能跟头香比呢?

转眼又到年边,今年烧头香之争,更比往年激烈,不少地方官员、富豪和社会名流,争相预约烧头香;吓得惠明大师不得不离寺躲避,云游去了。他定下规矩,但凡来预约烧头香的,一律不准;不管是谁,要烧头香,都和民众一起在山门外排队,等普济寺开门后,方可进来烧头香。

从古到今的桥

东江县城是座古老小山城,建在江两岸,旧建筑高高矮矮,错落有致,倒也耐看;水南水北两条街,麻石板铺就的道,窄得只能走两个人,对方若是挑担,还得贴墙避让。江倒是大的,最窄处也要七八条小船头尾相接方能横跨,船上铺以木板,便是座浮桥,叫"德桥"。

这是千百年来,东江上唯一一座桥。

平日里，就自个儿横着。唯有发大水时，才有人解开一头缆绳，让浮桥贴岸休息；大水过后，再将缆绳拉到对岸，系住，恢复浮桥。浮桥有一定危险性，尤其肩担重物的男人或胆小的妇孺，不小心或小心过头，都会落水；喊一声救命，江南江北就冲出来十人八人，救落水者；千百年来，没死过人。

大跃进那会，数千名当地人众志成城，开山凿石，造了石桥，叫"思甜桥"；落成之日，两岸鞭炮齐鸣，欢呼声声。石桥如青龙横卧，桥面不宽，但较之浮桥，天壤之别。两岸居民你来我往，走个亲戚逛个街；山野村夫赶集做买卖，都十分便利。山雾缭绕、晨曦乍现和夕阳西下、金波荡漾时，一排学生背着书包走过，实乃桃源宁静祥和之美景，令人叹为观止。

改革开放后，调来一位县长高活，带来从古到今刮不进山城的新风。首先，东江更名大东江，一座钢筋水泥浇的现代桥替代石桥，叫"西洋桥"；桥面之宽，令人惊叹，两边还有护栏，漂亮得就像一道彩虹。其次，开山要地，扒了老街旧屋，沿江修了宽敞马路，新街依山而建，高楼矮屋风格现代。古老山城，旧貌换新颜。高县长政绩卓然，远走高飞。

又来一位外地县长向前阖，因地制宜，大兴旅游业。大东江穷山恶水，遗世风光和淳朴民风，让游客赞叹不已；但交通成了旅游瓶颈，零星游客杯水车薪，昂贵宣传费打水漂。痛定思痛。要想富，先修路；人心齐，泰山移。江南龙山和江北虎山，拦腰斩断，南北通道与省际道路接壤，江上又添新桥；小山城敞开胸怀，拥抱八方游客，旅游业成了新经济增长点。向县长政绩卓然，远走高飞。

接替他的县长金泡沫，面临旅游业滞缓，周边城市的游客，虽蜂拥而来，但当天就回；光图个热闹，消费不高。若想深度发展，必须把客留住，玩上两三天；但此地既无留住游客脚步的自然资源，又无留住游客心思的娱乐资源。金县长剑走偏锋，硬是在弹丸之地，大兴房地产业，江头江尾、山上山下，大建小户型豪华别墅，吸引周边城市乃至省城的土豪，或来隐居，或来度假……也不知是土豪脑热，还是他运道好，房地产业一炮而红。金县长政绩卓然，远走高飞。

后来的县长父拜，就没有前任幸运了；兜售出去的别墅，常年不见人；新建的别墅胎死腹中，成了烂尾楼。房地产业盛极一时，又凋敝不堪。旅游业也节节衰退，一窝蜂来而又去的游客，没给小山城创下多少效益，却留下脏乱差的顽症，得不偿失。父县长有心扶植山农经济，靠山吃山、靠水吃水；无奈县城里除吃公粮的，其余年轻人都出门打工，只有老小无用者留守。罢了罢了，父县长黔驴技穷，那就将龙山虎山再截几段，修修路；江道长远，尽可能地多造造桥。

别说当地人，就是外地游客也纳闷，三五里长的江上，已有八座大桥，还在造第九座，这是干吗呢？问当地人，答者哑然，谁搞得懂呀？再造下去只怕连江水都看不见了。也活该父县长倒霉，第九座桥刚合拢，就塌了。豆腐渣工程，死了人。父县长进去了。再见他时，在电视上，光头，手铐；听说造一座桥花了五千万元，当地人愕然，手指扳不过来，心里倒有些明白了。又听说他将功赎罪，举报了前几任；这也可能是谣传，之后并无任何消息。

当地人在桥上或晒菜，或堆些杂物，或摆摊做买卖……夏天有人在桥上过夜，图个凉快。水北街有个叫魏博的老酒鬼，食饥饱了，就在桥上骂娘，扯了裤子，随地小便；这从古到今的桥呀，也就变了味。

接任的县长裘和谐跑市里跑省里，四座桥开始改造，铁路和高速公路将经过小山城……

只养一种草的草坪

多少年前,这片百树争春、千草斗艳的荒野上,建了一家国营钢铁工厂;钢铁以压倒一切的强权与残酷无情的手段,对这片荒野进行翻天覆地的改造,百树千草皆成灰,高楼林立,昔日荒野上浓烟滚滚、机声隆隆,钢铁生产流水线昼夜不息,一派热火朝天、欣欣向荣的景象。

荒原消失了。

唯有工厂南大门东侧的角落里,还遗留了一块荒野。不。这已不能叫荒野了,而是一块荒地罢了。有三棵七老八十的大树苟延残喘,一大堆建厂时遗留的残砖断瓦无人问津,杂草丛生,自生自灭。春天,倒也姹紫嫣红,各种不知名的野花盛开其间,有小伙偷偷摘一朵赠予心仪的姑娘。夏天,倒也抑扬顿挫,各种不知名的虫儿尽情欢唱,有老头入夜揭砖翻瓦捉蟋蟀养性。秋天,倒也芬芳四溢,各种不知名的野果瓜熟蒂落,有孩子扒开草丛捡个惊喜,解个馋。冬天,倒也好生热闹,各种不知名的鸟儿在大树上叽叽喳喳,筑完鸟巢,孵着太阳过冬,期待来年春天……荒地游离在岁月之外,默默地存在。

终于有一天,荒地像是突然从那里冒出来似的,受到人们的正视;一群穿制服的人将残砖断瓦清理了,将半人高的杂草清理了,将地里的乱石清理了……他们将荒地剥去一层皮,独留下三棵七老八十的大树。第二天运来了一车草皮。每块草皮长方形,两只手掌大,叠得整整齐齐,卸在地上;一个歪戴帽的老头,将草皮一块块排在白地上,像小孩子拼图。几天后,图拼全了,整块荒地绿了,绿得整齐划一,绿得声势浩大;谁见了都赞叹不已。

歪戴帽老头天天来浇水,有人好奇地问:"老师傅,这是什么草呀?"他们想知道,这种草为何如此幸运,能取代千草而独活?它到底好在哪里?千草虽然杂乱无章,但株株独立,株株向上,长得无拘无束;而这种草匍匐在地,爬着生长,彼此纠缠在一起。有人更可笑,居然问这种草开花吗?老头却像个哑巴,只顾低头干活,对他们的提问不屑一顾。日子久了,人们也就习惯了他的沉默。老头很会养这种草,它们不但全活了,而且活得郁郁葱葱,地上的绿层更浓更厚了,在阳光下闪烁着油亮的光泽。有人蹲下身来,却闻不到芳草的清香;有人伸手抚摸,却惊讶地发现,如此鲜美的草丛没有虫……草坪漂亮是漂亮,但大家感觉缺少点什么。

草坪长杂草了,蒲公英、连钱草、一点红、满天星……这些草生在别处是一味药,但在这儿却是杂草;但它们不知道,它们以为但凡大地都是养育生命的母亲,就自由自在地生长,长得挺拔、高大,鹤立鸡群于草坪之上。这让它们倒霉得更快。歪戴帽老头来了,坐着小凳,拖着蛇皮袋,在灿烂的阳光下,将它们一一拔除;他不用镰刀割,也不用锄头铲,而是亲手将杂草一株株连根拔起,扔进蛇皮袋里,带走。老头确实是个管理草坪的高手,深谙"斩草除根"的真谛。草坪重又纯粹了。做草坪的草真是福气,老头监护着它们享有阳光、雨水和空气,丝毫不容杂草侵犯。它们也想长得自由自在,纷纷向上探头探脑,渴望蓝天白云。拔完杂草的第二天,老头推着割草机来了,马达只响了半天,所有做草坪的草都被拦腰斩断;空气里弥漫了青涩的芳香,那是草的血液的气息,浓烈得令人刺鼻。原来,这种草也是有草的气息,只是不像杂草那样随心所欲地散发,而是深藏在它们的血液里。老头走时,将所有割下来的草头,装进大麻袋里带走了,据说这些草头是去沤肥的,施在别的奇花异草上。原来,这种草必须牺牲上半身作为条件才得以生存;每过三个月,它们就被割一次脑袋,以确保草坪的观赏性。到了严冬,冰天雪地的,草坪依旧绿油油的;它们被施足了肥,注定在千草自然枯萎的季节蓬勃生长,以体现这种草的特殊性。几只麻雀在老树上,叽叽喳喳,偷着乐,但老头不予理睬。

多少年后,换了个小老头来管理草坪。他改革草坪管理方法,首先砍光大树枝,其次捅下鸟巢,最后在大树下补种草皮。小老头比歪戴帽老头精明,他深知是那些自由飞翔的鸟儿带来了杂草的种子。现在,那些鸟见大树上无枝可依,大树下覆巢之卵皆毁,便哀鸣而去,从此,远离草坪。大家见他和善,就有人问:"老师傅,那个歪戴帽老头呢?"小老头笑道:"老毛呀,他去见马克思了。"又有人问了大家一直想问的问题:"老师傅,这是什么草呀?"

小老头说:"革命草。"

反串角色

五年前,我戒了烟,结果胃口大开,一顿能吃两海碗米饭,伴以一海碗红烧肉;难怪刘局长说我是饿煞鬼投胎,因为给头儿开车的,并不缺少油腻的熏陶。所以在小车队里,我是吃相最难看的小车司机之一。不过话又说过来了,我们几个吃相最难看的小车司机,仪表却最佳;弄件有牌子的西装、领带一包装,走出去比坐我们车子的头儿更头儿。信不信由你。

就说上个月那次下乡,也不知开个什么鸟会,反正刘局长被请去"做菩萨"。所谓"做菩萨",即会议主办单位为了提高会议档次,高价请一些高官(用不着讲话做报告)坐台上。刘局长刚拥有一辆奔驰私家车,舍不得开,就拿公家车练车技。下乡自然是练技的好机会,所以一路上刘局长"掌舵",我坐在副驾驶室里。等我们到了那个破乡下,情况就不同了,乡政府十七八个土包子像苍蝇般围住了我,容不得我乱说乱动,就将我架进了会堂。会堂里人山人海,哗的一声全起立了,雷鸣般的掌声以排山倒海之势,将我淹没了。我从来没有经过这样的场面,双腿都跟踏在棉花上似的,整个人发飘,感觉真是欲仙欲死。怪道人人争着做官,原来做官便有仙境呀。你不知道我坐在台上,又是惊喜又是恐慌;中途佯装方便出来找被乡下佬误认是司机的刘局长。刘局长果然被晾到一边。我刚要开口说明缘由,刘局长忙摇手,叫我继续做我的"局长",他呢正好轻松一下,顺便来个微服私访,在和他打成一片的当地群众中摸摸底。我听了半信半疑,心说这次回去,有好果子吃了。

其实我是以小人之心度君子之腹,刘局长大人有大量,压根儿就没把那回事放在心旮旯里,倒是我自己吓自己,有段时间三魂丢了二魂半。今天又有一个这样的会,快年底了这事多着呢。路上刘局长又要练车技,我不让,怕重蹈覆辙。刘局长却笑道,今天他想请我帮个忙。我说我能帮局长什么忙呢?刘局长说冒名顶替啊。我一惊,头儿要秋后算账了。刘局长说是这样的,我们去的小县城,有他一位故交,所以他想驾车去会会;至于会议吗?就请我应付一下了,等会议结束,他会来接我的。听他的口气,倒像是真的。我问,刘局长您没骗我吧？刘局长把脸拉下来了,说,小许,你当我是什么人了。我忙检讨,在头儿面前检讨得快,没坏处。谁知道刘局长要去会什么人,领导的事最好少问。于是,我们俩就调了位置。

不过,刘局长说,这个会上人家要你说两句的,现在教你。我说,刘局长,这个我会,首先肯定成绩,再指出少量缺点,最后谈几点希望。刘局长笑道,不错不错,小许,看不出你还蛮有领导才能的嘛！

名人速成

一位长得斜头歪脑的年轻人,猥猥琐琐地摸进门来,怯怯地问:"老师傅,我随随……便问问,外面贴的广告是真的吗？"

"真的。你想成名吗？"

"想。可是……"

"那你就来对了。这儿就是让你梦想成真的地方。"

"可是,我没有钱。"

"如果你有钱,你想成名还用得着找我吗？"

"可是,我真的一点钱也没有。"

"等你成了名人,就有钱啦。"

"那您招我,不是亏大了？"

"我这儿既是名人速成培训班,也是名人经纪公司;我们会免费提供你的前期培训费用,但你一旦成了名人,所有的收入将四六分成,你拿四,我拿六。你说我能亏吗?"

"要是成不了名呢?"

"如今,只有想不到的,没有做不到的;关键是你想不想成名?只要你想就OK了。"

"当然想。可是您看,我长得这么难看……"

"如果你长得玉树临风,你用得着找我吗?直接去傍富婆就行了。"

"而且,我没啥文化……"

"名人不需要有文化,有文凭就行;花点小钱,你就是名牌大学生了。"

"我爹不是某某……"

"你爹是某某,你会走进我这扇门吗?"

"说实话,我没有父母。是个孤儿。"

"这样更好,你认谁当爹都没有法律纠纷。"

"可是,我拿什么来成名呢?"

"这就是我们接下来要探讨的。你有当名作家的梦想吗?"

"有呀。但我没啥文化……"

"你会使用剪刀与胶水吗?"

"会。"

"这不就成了,作家就是文字裁缝;哪部作品红,就拿哪部作品开刀。当下没有抄袭,只有不标注明的。人家只有自己一个作家的作品,而你有十个作家、百个作家的作品,相比之下,你说你不是大作家、名作家,谁是大作家、名作家?"

"这种东西谁要看呀?"

"要看,大家抢着看呢。你知道大众心理吗?好奇、阴暗、趋众

……当然,在抛出作品前,还得给你造势,炒作是必不可少的。请问,你会骂人吗?"

"骂人谁不会呀?"

"那就行了。向疯狗学习,逮住哪个名人骂哪个,怎么损人就怎么骂;当然骂人也是门艺术,要会一点网络语言,大众就喜欢围观、吐槽,只要气势有了,不信名人不跳出来;只要有一个两个名人跳出来对骂,你就一夜之间红遍大江南北,想不红都不行。"

"我不想做宋祖德第二,太缺德。"

"不骂名人也行。上传一段你与全国当红美女主持的不雅视频就行,包你一炮打响。"

"真的假的,我能与美女主持有染?"

"嗨,等你成了大名人,有的是机会;不过,创业初期嘛,只能找个脸像的。"

"嗯,这也不错。但我不想当名作家,我想当演员,像许三多那样的。"

"行。虽说相貌还不够丑,但好在你年轻嘛。请问,你几岁?"

"十八。"

"你看你,这年龄,什么事情不能做呀?"

"您是说,我能签约了?"

"当然。就凭你这个条件也敢走进这个门,我就跟你签。"

"为什么呀?"

"因为你不要脸。而成名的首决条件,就是不要脸。

父亲送礼

父亲先前是个手艺人，人老眼花后做不来手艺活了，才开食品小店的。小店就开在乡级公路的某个路口。这样的路口，在我们老家很多；像我父亲所开的小店，在我们老家也很多，所以生意很清淡，勉强糊口而已。但总算能糊口了，泥疙瘩捏成一样老实巴交的父亲，对此已经非常满足了。就这样，父亲心满意足地开了十余年的小店，累是不用说的，但生活有望，于父亲是莫大的快乐了。

忽然有一天，乡亲们都富了，路上各种车辆也多了，那条过去很是宽敞的乡级公路，现在拥挤得不成样子了，路口常常造成交通堵塞，交通事故也多了起来。凡是开车的都骂娘，骂这条公路为何不扩一扩！而这正是父亲所担心的。如果公路要扩，那他的小店就得挪窝了，就不能把小店开在路口了，以后的生活就难说有保障了。这样又提心吊胆了两年，终于下来了正式的通知，让父亲于某年某月某日前挪窝，不然作违章建筑拆除。父亲慌了，他从邻居家开始找起，找这个人，找那个人；说要扩路他的小店也不用拆的，只要把旧路修修直就可以了。这是实话，那条弯弯曲曲的乡级公路如果修直的话，未必要拆除父亲的小店。这事情在父亲心里已经琢磨两年了。他自觉自己很有理，但听的人都笑他，说我们又不是干部，你找我们说啥呢。父亲想想也是，这话得找干部说去。

父亲去找村干部,母亲见他晃荡着两只空手,就问老头子你就这样去?父亲眨巴眨巴眼睛,问怎么啦?母亲说你这样去人家门都不让你进你信不信?父亲想想也是,就接过母亲递过来的整条烟,夹在腋下走了。从这天开始,在以后的半年里,父亲隔三岔五地找村干部啊,找乡干部啊,每次总要从小店里取点什么,夹在腋下。最后终于七转八弯地摸到了管基建的副乡长家的门路。听领路人说,这个李副乡长人是个非常廉洁非常好的干部,你要礼送得重一点,他绝对不收的;更不要说直接送钱给他了。照母亲的意思,他要能把小店的事搞定了,一口价多少钱吗。但这绝对使领路人为难,老实巴交的父亲也怕尴尬,所以夜里和母亲商量来商量去,决定送一纸箱百事可乐。当然该给的钱还得要放在纸箱里的。家里三凑四凑,只有五千元钱了。父亲说就给这么多吧。母亲把钱装进信封时,觉得单数不好。父亲说那就给四千元吧。母亲说"四""死",更不好。那个晚上,父亲出门了两趟,才让信封里的钱数增加到六千元。第二天晚上,父亲高高兴兴地把可乐扛进了李副乡长家。李副乡长果然和蔼可爱,听了父亲的情况,再三叫父亲放心,他会尽力的。

父亲的小店还是拆了。那些日子父亲想不通啊。他老人家的头发都白了许多,常常蹲在路边,朝某个方向傻望,间或长叹一声。偶尔还自言一句,没有道理啊!我知道他是想,既然你李副乡长收了那六千元钱,那我的小店就不该拆;如果我的小店该拆,那你李副乡长就得把那六千元钱退还给我。父亲真是傻得可爱,这种钱人家会退吗?后来,父亲在村路边搭了点房子,继续开他的小店,只是生意大不如从前了。父亲成天忧忧郁郁的,那钱总成了他的心疙瘩。

后来有一天,听说李副乡长犯事了,大盖帽进了他家的门,把他家里家外的东西都扛走了,其中包括父亲送的那箱可乐。父亲还听说大盖帽撕开父亲亲手封的透明胶后,发现了那只饱满的信封,里面不多不少是六千元。父亲心说那就是我的钱,操,那贼到犯事时还不知纸箱里有钱哪!难怪小店被拆了。父亲回家和母亲打了个招呼,就老脚颠颠地赶往乡里了,他心说那是我的钱,我得上派出所把自己的钱要回来。母亲明白过来就慌了,就叫我哥把父亲追回来。父亲起初不听我哥的话,后来听我哥说他这叫行贿,逮进去是要坐牢的,这才蔫蔫地跟我哥回来了。

这事我也是最近回老家听母亲说的。

会治国

从前,有个会治国,从国王到百姓都喜欢开会;他们坚信会能解决一切问题,做任何事之前都要开专题会。国王叫全会。他统治的时期就叫"全会时代"。这年春天,会治国召开全国春耕春播工作会议。会治国是个农业大国,春耕春播工作对民生至关重要;会议由全会亲自主持,全国各级代表赴京参加。全会是位开明的国王,喜欢听取不同的意见;会议开得激烈、持久,各级代表畅所欲言,各执其见。与会者有主张种谷,有主张种麦,有主张种豆……有主张谷麦豆等兼种;大家公有公理,婆有婆理,难分伯仲;全会善于从中求同存异,统一思想,统一步骤,号召全国人民切实抓好春耕春播工作。和往年相仿,由于会议激烈、持久,等最高指示下达到基层,一些农作物已过了最佳播种期,造成当年粮

食歉收,民不聊生,饿殍遍野。全会急百姓所急,连夜召开会议,针对饥荒问题,商讨对策,各级代表畅所欲言,各执其见;全会善于从中求同存异,统一思想,统一步骤,号召全国人民以糠为食(将颗粒无收的麦秸、稻秸等磨成糠来吃),勒紧裤带,渡过难关,去争取最后胜利。全会与全国人民同命运、共患难,带头吃糠;消息传来,百姓无不热泪盈眶,各地民众纷纷集会游行,高呼"人定胜天"、"全会万岁"等口号,誓死拥护全会的领导。

与会治国毗邻的笨国,是个小国;不但人长得矮小,而且愚笨,动不动就切腹自尽。笨国素来对会治国虎视眈眈,以其愚笨的方式十年磨一剑,趁会治国连年饥荒、国库空虚、民不聊生之机,一炮轰开国门,长驱直入,恣意烧杀和掠夺;全会在御林军的护驾下,仓皇逃离京城,躲入名曰"重生"的深山老林,期待国能重生。全会召集追随者举行紧急会议,商讨救国大计。与会者畅所欲言,各执其见,有主张向别国请求援助,有主张割地议和,有主张奋死反抗,有主张保存实力消极抵抗,有主张按兵不动静观其变……会议开得激烈、持久,未等全会从中求同存异,统一思想,统一步骤,侵略者已占领全国,攻下京城,实施屠城。噩耗传来,全会在会上心脏病突发,抢救无效,为国殉职。

全会的第三个儿子峰会继承王位。

国难当头,哪里还有时间开会?新国王峰会率领御林军冲出深山老林,日夜转战于抗战前线,给全国人民做出了表率。各地民众纷纷举起家中的铁锄棍棒,奋起反抗,以牙还牙,以血洗血。他们抢敌人的粮食养活自己,抢敌人的枪支武装自己,利用熟悉的地形打游击战,敌进我退,敌退我进,消灭一个是一个,令敌人陷入进退两难的泥潭中。只要功夫深,砻糠搓成绳。经过长达八年的浴血奋战,会治国人民终于将侵略者赶出国门,实现了领土完整,恢复了国家主权。复国之日,鞭炮齐放,烟花满天,万人空巷,全国人民载歌载舞,举国同庆;国王峰会站在京城高高的城楼上,检阅军队,向全国人民挥手,高呼"人民万岁!"峰会的呼声得到了雷鸣般的回音:

"峰会万岁!"

"峰会万岁!"

会治国从此进入了"峰会时代"。

复国初期,峰会召开全国盛会,表彰复国功臣,论功封将;惩罚叛国会奸,彻底清除民族败类;建造人民英雄纪念碑;号召全国人民重建家园……会治国百废待兴,大搞建设,百姓生活蒸蒸日上,国内形势越来越好,一片大好;但随着岁月的流逝,战争的苦难渐渐被人遗忘,会议也一个接一个地多了起来。这也是没有办法的事。因为会治国人喜欢开会。他们坚信会能解决一切问题,做任何事之前都要开专题会;比如这次王府街失火,峰会当即召开全国消防现场会,会议开得激烈、持久,与会者就火灾发生的原因、急救措施以及预防工作,畅所欲言,各执其见;峰会善于从中求同存异,统一思想,统一步骤,等最高指示下达到基层,王府街已化作一片废墟。但是没有关系,下次再发生火灾时,就只需开个短会,就可以及时抢救了。紧接着,峰会又召开重建王府街的动员大会,会议开得激烈、持久,与会者就如何把新王府街建设得更美等设计方案,畅所欲言,各执其见;峰会善于从中求同存异,统一思想,统一步骤,召号全国人民一方有难、百方支援,把新王府街建设成全球最漂亮的街道。由于在"会"上投入了大量的人力物力和时间,势必削弱了其他方面,比如生产、建设和综合国力等,长此以往,会治国重又成为贫困与落后的国家,从百姓到国王,人人都过着僧侣般清贫的生活;可他们非但不觉

得苦,反而觉得幸福,并一如既往地生活在大大小小的会中。

为进一步弘扬以会治国的国粹,表彰全国崇尚参会议会的先进人物,峰会特设"全国会议模范奖",并在首届全国会议模范颁奖大会上,授予一名从"全会时代"就参会议会的、现已八十四岁高龄且连续六十多年参加全国会议的农村妇女,以"将军"头衔;召号全国人民向这位"会议将军"学习,积极投身到各项会议中,以会治国,将国民幸福指数提升到新的高峰。

时代的养母

在中国,在一个贫困小县,在县人民医院门前摆地摊的农村妇女袁母,为了生计,间或也接点医院正式职工不愿干的活儿。比如那种专门为妇产科掩埋死婴的活儿。二十五年前那个灰暗的夜晚,袁母抱着死婴去掩埋的途中,发现怀里的婴儿居然还有呼吸;那微弱的呼吸,在那个灰暗的夜晚其实是可以忽略不计的,但像一根无形的丝线紧紧地揪住了她的心。一轮残月。小树林阴森森的。袁母突然扔下可耻的锄头,从埋人的大地上重又抱起婴儿,转身,脚步慌乱地向家的方向奔跑。

这是袁母收养的第一个孩子。

他名字叫悲悯。

悲悯打开了袁母的另一个世界,让这位大字不识一个的农村妇女,懂得了——悲悯。从此,她就像习惯了捡拾破烂一样,从滚滚的尘埃中,捡拾被时代大潮所沉沦所抛弃的婴儿。时代在发展,时代在进步,时代的发展与进步在阵痛中抛弃了它所不该抛弃的——那些时代的弃婴;其实也不只是袁母具有低到尘埃的目光,而是她拥有了悲悯的心,在人们不经意的角落,她总是弯下宽大的身躯,从尘埃中捡起奄奄一息、束手待毙的弃婴,抱回家来悉心喂养。对于贫困的袁母而言,多一个孩子不多,少一个孩子不少;只要省出一口饭,就能让一个无辜的小生命存活下去。再说谁不是人生的?有人生总得有人养。纵然是最卑贱的生命,也同样拥有生、拥有笑与哭、拥有天空和阳光的权力。深刻的道理,袁母说不了,她只知道在尘埃中弯下身去,再弯下身去……

自从收养了悲悯之后,袁母无悔地走上了一条人世间崎岖的小道。除了她自己捡回来的弃婴;还有被遗弃在医院、卫生院,医生让她抱走的;还有被直接丢弃在她家门口的;还有被110出警送到她家的;还有父母双亡,被别人送来的……二十五年来,她收养了一百多个弃婴。这些弃婴中,有患脑瘫和白化病的,像诚信和良知;有患小儿麻痹的,像道德和善良;有患聋哑的,像博爱和仁慈;有见不得光的,是现代人风流后的产物——孽种,像尊严和人道;有自己不争气,带着女儿身来投胎的,像文明和公德……袁母无不以她伟大的母性和母爱,敞开无私的胸怀,将这些被现代社会所遗弃的婴儿,一一抱入温暖的怀中。

不知不觉中,袁家就成了"弃婴王国"。收养弃婴"高峰期"时,袁家有三十多个弃婴;那么多张嘴,天天都要吃;尤其20世纪90年代,还不能申请低保;袁母不仅要给他们吃、给他们穿,还要给他们书读,因为他们是祖国的花朵,虽然盛开得残缺不全,但同样有着灿烂的人生……而她一个靠摆地摊和捡破烂为生的农村妇女,这样的收入如何支撑她养活这些孩子呢?袁母不识字,每天能挣几个钱她记不住;反正挣多少花多少,没钱就先赊着。再不然,她就拖儿带女地出去要点面,要点东西,找政府帮点忙。在那个贫困小县,大家都知道袁母收养弃婴;却不知道她收养的,是这个时代所遗弃的悲悯、诚信、良知、道德、善良、博爱、仁慈、尊严、人道、文明、公德……为此,丈夫与她分居,但她不放弃,没日没夜地为孩子们的活命钱而四处奔波,日子过得很苦,但一见有这么多孩子叫她"妈妈",袁母乐得嘴都合不拢。有一次一个孩子说长大了要给妈妈盖一座大房子,把其他小兄弟们都搬进去住,袁母顿时热泪盈眶。二十五年过去了,袁母依旧坚持不懈地收养弃婴,简直难以想象她是如何做到的?所幸的是,有的弃婴如今已长大成人,上了大学;有的弃婴已工作结婚,自立门户……这,对于袁母而言,是莫大的欣慰。

今年年初的一场大火,夺走了七名弃婴卑贱而又宝贵的生命,他们永远也不可能再成为祖国的花朵了;这场早已扑灭的大火,却在世俗的目光中蔓延,至今依旧灼痛国人久已麻木的神经。但可悲的是,有人质疑这位"爱心妈妈",说她收养弃婴是为拢钱骗低保;说她不缺钱,搞房地产、包揽公路、替人讨债,拥有二十余套房产;说她就是黑社会……国人站着说话不腰痛,尤其是总喜欢做点下流事的上流社会;而在那个贫困小县,至今仍没有一个收养时代弃婴的福利院。如果收养弃婴有罪?那么,让无父无母又遭社会遗弃的弃婴自生自灭,就是现代文明的体现吗?不敢想象,如果没有像袁母这样平凡而又伟大的母亲,这个时代的道德底线在哪里?诚信和良知在哪里?人道和尊严在哪里?公德和文明在哪里?……答案只有一个。就在这些非法收养弃婴的爱心妈妈身上。

如果明天醒来发现门外有个弃婴,袁母会照样收养吗?回答

是肯定的。这位时代的养母,依旧挺立在滚滚的尘埃中;她没有被打倒,她也不会被打倒。她最大的愿望,就是将来自己建个福利院,这样就能和孩子们生活在一起了。但愿她的愿望早日实现。

大家都在寻找

央视有个节目,三八妇女节前夕,邀请到一位六十多岁的老太,刚从国家科技单位退休;头发半白,滚圆肉脸,皱纹倒祥和;人是发福得可以,长期伏案的缘故吧;衣着也朴素,但高知的气质摆在那儿,谁也抢不走。

主持人颇有名气,能在央视露脸,自然不可小觑,但太正经;为创收视率,又邀请当红相声演员做嘉宾主持。嘉宾主持没读过啥书,但嘴皮子滚溜,颇有观众缘。两人交相辉映,原本枯燥乏味的节目,倒是让他们搅得风生水起,好评如潮。

主持以跑马速度报完老太的终生成就,就被嘉宾主持一番揶揄,干吗呀?赶着回家造儿子?他摆出一副小三上位的姿态,逗得现场观众捧腹大笑。

在轻松愉快的氛围中,主持问老太有何愿望?老太发出少女般清脆悦耳的嗓音,说要寻找当年的恩师。她回忆起小学时的情景,出身贫寒,从小父母离异,跟父亲有顿没顿,时常交不出学费;是恩师带她回宿舍,塞给她吃的,还偷偷垫了学费。没有大起大落,故事平淡,乏善可陈;就像她一生,无论在单位,还是在家庭,都默默无闻;但她执意上央视,寻找恩师。没有恩师无私的帮助,她早辍学了,哪来的今天?她边叙述边流泪,几次哽咽,向现场和电视机前的观众说对不起。

她把一生的成就归功于恩师。

嘉宾主持带头鼓掌。

掌声如雷。

电视镜头切换到大屏幕。

节目组赴千里之外的黑龙江。老太当年就读的黑龙江小学,已更名白龙江小学。五十年,有多少事物早已黑白颠倒。嘉宾主持联系校方,"我是中央电视台的",对方一声不吭,挂了。他再拨,又挂。拍摄组贸然出现,整个学校跟疯了似的。谁想得到,央视呢,竟出现在遥远而又偏僻的小地方。迎接他们的校长,高高的个子都快折断了,一路道歉,对不起,对不起……

小学没有当年的资料。校长建议去区教育局问。嘉宾主持打电话,我是中央电视台的,话音刚落,就传来嘟嘟的忙音。他又打,还是不接。还是用座机吧。校长拨通后,向局长汇报情况,又将话筒交给嘉宾主持。局长就像发情的猫,一个劲地吼,欢迎欢迎热烈欢迎……

他们到区教育局时,门口大电子屏幕上赫然打着"热烈欢迎央视领导莅临指导!"局长带着全体干群在门口恭候。我们是中央电视台的,嘉宾主持刚开口,局长紧握他的双手,久久地用力摇晃,大夸特夸他的相声精彩。在这偏远地方,居然有人认出他,荣幸。您是大明星,全国人民都知道。

会议桌摆上水果,文秘给贵客泡茶。局长请嘉宾主持坐主席位,他谦让给主持。主持高校毕业就进央视,知性,儒雅,话不多,但字字珠玑;而嘉宾主持从低层跌打滚爬上来的,为人机灵,在外面吃得开；主持不介意他的风头盖过自己。在主持介绍老太前，局长根本不知道她，但他声称取得丰功伟绩的老太，是他们局的骄傲，是当地多少万人的骄傲。

双方客套话说了不少，但查档案的同志一无所获。

第二天，他们前往当地派出所求助。谁知拒之门外。公安人员对印有"中央电视台"字样的采访车持怀疑态度，不许拍摄。央视为什么跑来？出什么大娄子？未经上级部门同意，决不松口。嘉宾主持说他们是中央电视台的，没人理他；又说他是谁，还是没人理。他们不认识他？都不看电视吗？他愤愤不平。倒是主持出示证件，请对方跟台里核实，又详细介绍此行目的。

折腾一个多小时，才让他们进去，在户籍科排查，查出十三位同姓同名者；又按性别、年纪和职业，剔除十位。户籍科同志逐一打电话，排除两位，恩师露出水面。

恩师儿子听说央视在找他爸，执意要他们去他单位再说。

恩师儿子六十多，返聘，打杂；一个谢顶糟老头，满脸堆笑地迎他们到区文化馆，向一个个办公室介绍，中央电视台来采访他爸了。

在馆长再三催促下，恩师儿子带他们回家。九十多岁的恩师就住在他家，一把枯骨，由儿媳妇服侍。老太见到恩师，扑在床前哭泣。执教四十余年，手上经过的学生多多少；恩师哪里记得她呀。老太说什么，恩师只摇头；但他见到这阵势，空洞的眼里顿时有了光；执意要儿媳妇扶他起来。儿媳妇说，这么多年，爸从没这么精神过。

整个采访过程，味同嚼蜡，不说也罢。

央视播出后，老太成了"名人"，社区呀街道呀，甚至老年大学，都邀请她担任职务，她不仅成了"名人"，更成了"忙人"。

在当地,省台转播了,市台转播了,县台也转播了……恩师,一名普通小学的普通教师,在默默无闻九十多年后,一夜成名,成为该地区第一位上央视的人。省市县区教育部门领导前赴后继地赶来慰问,鲜花摆满了他长年卧床的房间,花香与恶臭交融,让人透不过气来。

第二年春天,恩师溘然长逝。

老太在长女陪同下回老家奔丧。葬礼十分隆重,花圈无数,领导无数,恩师儿子见到老太,激动得直拍大腿,想不到呀想不到,想不到老爸的葬礼如此隆重。老太谦虚道,这是恩师应得的;只是找到恩师……晚了一点,不然……恩师儿子忙说,不晚不晚。

老太回了趟母校。光荣墙上赫然挂着她的巨幅头像,著名科学家,我校第几届毕业生。

老太久久地伫立在墙前。

读到这儿,你肯定在想,我怎么知道得这么清楚?实话告诉你,我就是老太长女;但她毕竟是我母亲,我就不多说了。

我们需要一把自身干净的扫帚

每天上班,第一件事就是打扫卫生。其实办公室明净如镜,但我们已习惯成自然,不打扫一下这天就像没有开始工作似的。我拿起那把用了多年的扫帚,从里到外细细打扫,办公桌底下,文件柜底下,四壁角落,以及大门背后,决不放过任何地方。老人家说,扫帚不到,灰尘不会自己跑掉。实际上,我们办公室扫帚天天都到,灰尘想长也长不了。但奇怪的是,每天打扫,总能打扫出来一些灰尘。同事老蒋就疑惑道:"看看一尘不染,扫扫却一畚箕;我们办公室有这么脏吗?"我一看,垃圾丝丝缕缕的,颜色泛红;就说:"这垃圾不是办公室的,是从扫帚上掉下来的。"老蒋拎起扫帚,一抖,还真有垃圾窸窸窣窣地往下掉;他不无自嘲道:"原来我们每天打扫的,不是办公室,而是扫帚呀!"我说:"是呀,这把扫帚太旧了,得换一把了。"

这天打扫完后,老蒋将旧扫帚与垃圾一起扔了,重新领了把扫帚回来。

他抖抖手中的新扫帚,不无得意道:"怎么样?这回没问题了吧。"

我淡笑道:"明天扫一扫就知道了。"

第二天,一扫新扫帚上的棕榈丝什么的,就窸窸窣窣地往下掉,扫过的地比不扫都脏。老蒋很生气,说:"什么新扫帚吗,和昨天扔的那把旧的一个德行。"又问:"谁说这棕榈丝扫帚好了?质地坚韧,不易脆断?"我笑道:"话是不错的。可能库存久了,就变质了;不然就是奸商用变质的棕榈丝制造的,以次充好。"老蒋问:"怎么办?"我说:"最简便有效的办法,就是去换一把别的扫帚。"老蒋叫我去换。我不去。我说:"老蒋您是老同志,在机关德高望重,人家凭空也要敬您三分;换了我,拿昨天刚领的新扫帚去换,非但换不了,还凭空吃一顿批评呢。"老蒋想想也对,就自告奋勇地去了。但他最后还是拿了那把扫帚回来。

老蒋说:"单位里只有这种扫帚,而且进的是同一批货,主任说再用二十年都用不完。"

我问:"那怎么办呢?"

老蒋想了想说:"要不我们先洗一下?"

我想也就只能这样了。我拿去卫生间清洗,而且还动用了卫生间的公用洗涤剂,洗了没有八吨水,也有一吨水了。清洗干净之后,我把扫帚倒立在窗台口晒太阳,太阳很给力,到下班前扫帚已经干了;我特意用手细细撸一遍,凡是撸得下来的棕榈丝都清理了。可是,第二天,一扫还是老样子。老蒋和我只有相对苦笑。老蒋又大发牢骚,说以前的扫帚如何如何干净,如何如何好;但牢骚是解决不了问题的,我建议不用扫帚。老蒋甚是吃惊,他问:"不用扫帚,我们拿什么扫地?"我说:"可以用拖把代替嘛。"老蒋就夸我:"到底是年轻人,有办法。"

这天,我去办公室主任那儿领了一把新拖把。

拖把倒有很多种,我是说,扎拖把的有很多种颜色的布条,我希望有白色的,但是没有,所以我挑了灰色布条的。第二天早晨,我将新拖把在卫生间打湿之后,回办公室拖地,结果出人意料,拖过之后的地,一块白一块黑的;原来这拖把褪颜色;原来还干净的地,这一拖倒成花猫脸了,脏得很。于是,我去卫生间洗拖把,然后绞干,再重新拖地,拖了半天,才总算看不出太脏的痕迹来。

对此,老蒋和我探讨了很久。扫帚不能用,拖把又用不了。探讨的结果是,我们决定放弃打扫卫生,唯一的希望就是期待哪天单位重新购买了扫帚,而且是自身干净的扫帚。但对此我们并没有抱太大的希望,至于不可能生产自身干净的扫帚的原因,我不说你也知道。但是办公室里不打扫不拖地怎么可能呢?这样要不了多久就真的脏了。

现在,我们隔几天或用扫帚打扫,或用拖把拖地,但比以往费劲费时多了。

自称是人的苍蝇

有一苍蝇王国,从国王到囚犯,蝇蝇厌恶"苍蝇"这个称呼,以为这是人对它们的污辱;于是国王决定更改称呼,由全国蝇民投票产生新称呼,结果所有投票都要求改称"人";国王尊重蝇民的意见,遂将"苍蝇"改称为"人"。更名之日,苍蝇王国举国欢庆,国王与蝇民普天同乐,蝇民连声高呼:"人王万岁!"国王则回敬:"人民万岁!"

既然自称是"人",国王就寻思着干点"人"事,有"人"就建议对国土进行重新划分,像人一样划分成县、省和京城,那多好听呀;国王认为这是对的,过去只对各自所居的茅坑进行编号(比如:一号坑、二号坑、三号坑……),这太恶俗了;于是小坑就称县,中坑就称省,国王所居的大坑就称京城。紧接着召开全国"人"会,国王在会上宣布册封的京官和省县首脑名单,并将册文和印玺一齐授给被封者。新上任的文化部长,宣读了文明用语细则,比如:"粪土"改称"金钱","腐烂食物"改称"山珍海味","臭水恶汤"改称"美味佳肴"等等。新上任的教育部长,宣读了教育新课程,要求各省县的教育工作者从娃娃抓起,牢固树立起"人"的观点,大力培养有"人"特色的"人"才。新上任的建设部长表示,坚决拥护国王实施的一系列改革政策,发展国民经济,提高国民收入,实现经济新腾飞。新上任的国防部长声称,航空事业体现了综合国力,今后将投入大量物力和财力……总之,这是一次空

前的大会、胜利的大会。与会者纷纷表示，坚决拥护以国王为核心的新领导班子，全力以赴投身到改革大潮中，干出点"人"样来，活出点"人"味来。

会上热血沸腾，会下个个像无头苍蝇，找不到做事的点儿；身为苍蝇，它们生来就是不劳而获的民族。它们群居在人类的茅坑里，除了期待着新的粪便，别无他事。长此以往，岂不是一夜又回到从前，国王为此十分着急，就派出侦察兵，去刺探人类的情报。侦察兵回来汇报，人类正在大力推行廉政建设，惩治腐败；国王不知廉政建设为何物？愿闻详情。侦察兵惊魂未定，连声道："好险哪！我刚到那里，就听街上人高呼打倒贪婪的苍蝇！吓得我赶紧就逃，以自己被发现了；谁知是几辆警车缓缓驶来，车上押着几个肥头大耳的光头，去法场处决。原来，人类把腐败分子叫作苍蝇。我这才松了口气，到人群中细细打听，人人义愤填膺，个个仇富恨穷，都说无商不奸，无官不贪，财色双全、鸡犬升天，大白菜从根烂到菜心了，再不惩治腐败就彻底完蛋了。"国王连连点头称是，又问人是如何惩治腐败的？侦察兵面露难色，它也不曾见过人类是如何惩治腐败的，但它转而一想，既然人类将腐败分子叫作苍蝇，自然以消灭苍蝇的方法来消灭他们。侦察兵就想当然道："以罪孽重轻，施以蝇蚊拍、粘蝇纸、喷雾剂等酷刑。"国王一听是这些玩意，就兴奋道："行。腐败不治，国将不国；我们终于可以干点人事了。"

于是，国王召集省部级以上干部，召开廉政建设紧急会议；在会上，通报了人类惩治腐败的最新情况后，国王要求与会者结合本国国情，遵循创新务实的原则，制定新政策，狠抓落实。与会者针对有些"人"占着茅坑，自己不吃屎，也不让别"人"吃屎；有些"人"抱成一团，建立"集体利益共同体"，霸占整座茅坑（垄断行业）；有些"人"通过权力和"后门"关系，进行不公平市场竞争，牟取暴利；有些"人"权钱交易，灰色收入相当可观……腐败现象，纷纷表示空谈误国，实干兴邦。国王更是雷厉风行，说干就干，通过抽签决定县级以上干部谁是腐败分子（苍蝇是不劳而获的民族，逐臭之夫，藏污纳垢是本能，何来腐败一说？），对县级腐败分子施以蝇蚊拍酷打，对省级腐败分子施以粘蝇纸收监，对部级腐败分子施以喷雾剂消灭；时值盛夏，蝇蚊拍扇来徐徐凉风，令"人"快活；粘蝇纸涂以奶酪，叫"人"沉醉；喷雾剂灌以蜂蜜，妙不可言（既无腐败，谈何惩治？所谓廉政建设，不过是国王收买"人"心的游戏罢了，百官好玩，百姓好笑，百无一用）。当然，苍蝇王国惩治腐败成绩显著，尤其三番五次"严打"之后，抽到签的"人"尝到了甜头，趋之若鹜；没抽到签的"人"暗中通过各种途径，希望享受到国王的殷勤宽待。原本无事的苍蝇王国，这下倒真是热闹非凡。

不久，国王想知道人类新动态，又派侦察兵前去刺探，侦察兵回报："人类这回动了真格，不少高官携款都逃到国外去了。"国王连声称好，苍蝇王国也有几个高知的"人"，成天对它的新政说三道四，国王真愁着不知如何收拾它们呢？于是，国王下令将这些高知驱逐出境。再说这些"人"逃到隔壁的蚊子王国，还以为自己是"人"，比蚊子高"人"一等，竟肆无忌惮地说起"人"话来，令蚊子们笑掉大牙。蚊子们真愁着无人血可吸，既然苍蝇自称是"人"，而且一个个肥头大耳，红光满面，就群起而叮之，将它们身上的血吸了个精光。

一根筋同志没有病

　　1986年夏天,我走出校门,就有幸成为一根筋同志的同事,他姓王,是单位的技术骨干,手头上的活都拿得起来,领导布置个任务,他都能第一时间做好,第一时间向领导交差,快得让领导都吃惊,甚至怀疑他是真做还是假做?但确实是真的,他出手就是快。别人碰到这种事,以后就学乖了,领导布置个任务,首先是叫怎么怎么困难,再叫怎么怎么克服困难,然后拖到不能再拖时,方肯交差(很多先进标兵就是这么叫出来的)。但一根筋同志不,他依旧快得叫人不可思议。平日里,同事们想偷懒,或者嫌事儿麻烦,就叫他代劳,他也没有二话。在我看来,单位里最忙最坐得住的人,就是他了;但每到年底,评先进评标兵之类的好事,却永远与他无缘,倒是那个常常叫他代劳的仁兄,名列其中。

　　这一根筋同志也不关心此事,他不苟言笑,整日埋头忙他那些事儿;但每有言语,必定惊人。比如人们常说的"张三李四王二麻子",他就觉得这个排列不对,既然"王"是"二",就应该排在"张三"前面,叫"王二麻子张三李四"才合乎逻辑。在一个干实事的企业里头,技术能人能够几十年原地踏步,不被提升,那几乎是不可能的事,但一根筋同志做到了。按理每个人的一生中,都有两三次发迹的机会,关键就看当事人怎么把握了。最初,一根筋被提升的呼声还是蛮高的,但单位办公室有位女士,是位有背景的贵妇女,并不与他同室,这天她在自己的办公室里,用戏子般秀长的指甲,挖着她自己的鼻屎,然后运用弹指神功,将鼻屎弹出窗外去。这事跟一根筋有啥关系?没有。但一根筋看不顺眼,就冲进去跟人大谈文明办公,搞得贵妇女面子扫地,气愤到含泪指着一根筋的鼻子吼道:你就等着瞧吧。结果,一滴眼泪便无情地冲走了他的前途。

后来又有一次,有领导十分看中一根筋的才华,提拔前,作为亲信带他去开会,到了京城,领导要在车站打的去会场,一根筋劝住领导,说公家的钱也是钱,车站的出租车很黑,硬拉领导到站外打的;好不容易拦了辆出租车,的哥要50元;一根筋说不可能,他打电话到会务组,问清楚最便捷的线路,以及费用,果然只需30元就够了,但他的电话费(长途加漫游)倒是花了10多元;而让领导难堪的是的哥鄙视的目光,小地方的人。出差回来后,领导在大会小会上,高度表扬了一根筋,但他的提拔却不了了之。

几年以后,单位换了领导,新领导走马上任,处理过几起业务之后,着实替一根筋叫屈,这么有才的同志,这么任劳任怨的同志,工作了这么多年,怎么还是个小科员呢?提!一定提!领导这边一热,一根筋同志的前途自然一片光明了;那段时间,一根筋同志自然与新领导走得很近。据说有一次,他们一起乘电梯时,新领导不慎放了个屁,但碍于电梯里还有几位女同志,新领导非常尴尬,就批评他要注意环境、注意影响。谁知一根筋竟敢反驳领导,还明确指出,屁是领导放的。据说事后新领导非常恼火,说他屁大的一点责任都不能承担,怎么适合到重要的岗位工作呢? 提升的事,也就黄了。

从那以后,一根筋同志就彻底靠边站了,他周边的同事、比他年轻的同事、甚至比他年轻很多的同事,都噌噌地上去了,有

的甚至三脚跳,都当上他领导的领导了,而他只有看看的份儿。一根筋同志依旧是那个很有才的同志,任劳任怨的同志,但他干得最累干得最多又有什么用呢?有人总结说当下社会:做人不如做狗受宠爱,做事不如告密受信赖,内行不如外行提得快,忽悠比敬业更豪迈。有人甚至笑一根筋同志有病。尽管他现在已经退休了,但每每提及他,就有人会心一笑道,他啊,一根筋。我不知道笑他的人有几根筋?但我深信他们有的也是几根不是筋的筋。我至今还在一根筋同志工作过的单位工作着,我就觉得,一根筋同志没有病;有病的是我们,不是多根筋,就是少根筋,不像一根筋同志刚刚好,不多不少一根筋,拴住一个方向,拴住一份执着的人生。

第二辑

上帝难做人

新生志愿

老任猝然身亡，灵魂恍恍惚惚地飘入天堂。掌管灵魂库的彼得十分高兴，今天总算来了个优秀的灵魂，他连忙起身相迎。老任晕晕乎乎的，虽然没喝酒，却有几分醉意；想来是灵魂刚挣脱肉体的束缚，有些无所适从。他满脸堆笑地朝彼得点头问道："这位大哥，这是哪儿？"彼得微笑道："天堂。""啊？"老任大吃一惊，左右张望，这般富丽堂皇，不是天堂还能是哪儿呀？老任不好意思地朝彼得点点头，就像走错了地方，赶紧转身离去。

彼得叫住了他。

彼得是上帝的大使徒，知晓每个灵魂的质量。

老任在人间是个大善人。他走一步路都会低头，唯恐踩死一只蚂蚁；坐任何地方时，都要把坐的地方轻轻抹一遍，唯恐坐到虫子。"吃亏是福"是他终生的信条。老任在人间所做的善事，罄竹难书。就说他这次猝死，完全是因为一对年轻父母任由三岁小孩在马路上乱跑，老任看到一辆汽车疯狗般地直扑上来，就冲过去，把孩子救了，自己却被撞死了。

肇事车辆又像疯狗般地逃逸了。

这对年轻父母也是三观不正，抱起小孩只管自己溜个没影儿。

彼得好生宽待老任，请他坐，给他沏了杯天露，又递上一张新生志愿表格，表上有五项平行志愿，彼得作了简单的解释后，请他填写。彼得接过笔,侧头一想,就在第一项志愿上,写下女性,相貌平平,寿数和财富无要求,只要求嫁给王哑巴。彼得闲着也是闲着,边看老任填志愿边问他:"为何非要嫁给王哑巴呀?"老任说同村王哑巴可怜,他本来有桩好姻缘的,却被他兄嫂搅黄了,害得他一辈子打光棍不说,还要给他兄嫂做牛做马,过的是非人的生活。

"噢,"彼得感叹道:"我懂了。"

老任的第二项志愿是:男性,力大魁梧,勤俭肯干,善待张寡妇,只要求娶张寡妇为妻。彼得问:"这又是为何呀?"老任说同村张寡妇,年轻时丧夫,膝下有一子,她不顾自己体弱多病,硬是将孩子拉扯大,终生未曾改嫁。谁知这个黄胖儿子,多少不入调呀,娶了老婆忘了娘;张寡妇的下半生,苦是苦得来没有话说。我就想呀,来世也能让她享享做女人的福气。彼得默默点头。

等到老任填完五项平行志愿,彼得见他都是为别人着想的,心里又是敬佩,又是惋惜,就忍不住问道:"那你自己呢?"

"这些就是我的志愿呀。"

彼得解释道:"我的意思是说,你也为自己考虑呀,比如:你来世想做个怎样的英雄好汉?想成就一番怎样的伟大事业?你难道就没有自己的想法吗?"

"呵呵,"老任憨笑道,"我嘛,这样就好。"

彼得又问道:"那你的家庭怎么办呢?"

说到老任家里,大善人满脸愁云,天晓得他怎么会有这么个儿子的? 独生子小任竟是个大恶人。从小到大,老任怎么管教他都没用,小任吃喝嫖赌、偷盗抢劫,还犯有强奸罪;可怜那个被他强暴的女孩,在他出狱后,又不得不嫁给他,要不然,她的家人都得做她的陪葬。大恶人小任和大善人老任同样出名,甚至比老任更出名,因为他是老任儿子。

彼得告诉老任,这是遗传基因的缘故。

老任问:"我的基因有这么差吗?"

"不是,"彼得说:"你的基因很优秀。"

"那是为啥?"

"你不觉得他很像隔壁的杀猪佬吗?"

彼得告诉老任,他儿子就要下地狱了。

"啊!"老任问,"这个混蛋又害人了?"

彼得说是这样的,车祸发生后,乡里乡亲念你的好,给你办了个像模像样的葬礼;但你儿子却始终不见人影,他去找那个肇事逃逸者算账了;但和警察一样,他也查无此人。不过,他找到了那对年轻夫妻,对方竭力否认有此事;他才不管对方承不承认,就索赔二十万元,对方连一分钱都不肯出。他就恼羞成怒,拔刀将年轻丈夫捅死了。

老任生气道:"我都死了,他又何必这样呢?"

彼得说:"他是为了钱。"

彼得问:"想见一面吗?"

老任问:"他不是下地狱吗?"

彼得说:"我可以让他先来一趟天堂。"

"谢谢,谢谢……"

不久,小任被带上天堂,父子相见。老任竭力劝他重新投胎后,要好好做人,做个好人。小任大骂老死尸,自己死得这么惨,还不知悔悟?死了还敢教训老子!老任说善有善报,恶有恶报,你想想你自己,年纪轻轻的要下地狱。老子还不是被你害的?这种世道,你管人家个屁呀!和在人间无数次劝说一样,父子不欢而散。

小任被带走后,老任问彼得,他会怎么样?彼得说:"他将在地狱得到应有的惩罚,并受到严格的教育,直到幡然醒悟,三观矫正了,才能重新投胎做人。"老任放心道:"这样就好,但愿他有个良好的来世。"

老任说:"我也该重新投胎做人了。"

彼得犹豫再三,终于鼓起勇气道:"本该是不能说的,天机不可泄漏,但就是上帝怪罪下来,我也要告诉你,你那个儿媳妇快临盆了;你的孙子倒确确实实是你儿子的种,秉性和他一样,将来长大可就麻烦了,比你儿子有过之而无不及……"

"是因为遗传基因的缘故?"

"是的。"

"这可怎么办呀?"

"如果有了你的灵魂,完全能压制住恶性遗传,做个好人绝对没问题。"

"你是说,我投胎去做我儿子的儿子,也就是我的孙子?"

彼得笑而不答,只递给他一张空的新生志愿表格。

破烂换糖

这天,上帝微服东巡,只带了使徒彼得。

上帝问:"你说黄皮肤的灵魂库告急?"

彼得说:"是的,主啊。"

上帝问:"他们不是计划生育多年吗?"

彼得说:"人均生育率是不高,但人口基数太大,每天出生的

婴儿不少,灵魂需要量太大。"

上帝问:"那每天死亡人数也不少呀。"

彼得说:"主啊,死亡人数是不少,但收回到的亡魂却不多。"

上帝吃惊道:"怎么回事?"

彼得有些抱怨道:"主啊,过去您难得下一回人间,又是封道,又是警队开路,又是专车……哪里体察得到民情呀?不晓得这个东方大国发生了翻天覆地的变化,您瞧那儿……"彼得指指下面,白云下高楼林立,高速公路如织,车水马龙……上帝频频点头道:"建设得不错。"彼得却皱眉道:"赤脚奔小康,物质生活是上去了,但灵魂质量却下来了,不但残缺不全,而且越来越多的人丧失了灵魂;昨天,掌管灵魂库的犹大跑来告马太的状,说亡魂回收站的员工自由散漫,成天在人间游山玩水公款吃喝,却一个亡魂都没收来。"上帝生气道:"有这等事?"彼得说:"其他肤色的亡魂是有的,但黄皮肤的昨天确实一个没有。事后我查了,黄皮肤的死亡人数不少,但都是空壳,没有灵魂;而且这种现象越来越严重了。"

"不会吧?"上帝非常吃惊道:"你说黄皮肤人活着的时候,就没有灵魂?"

彼得说:"是的,主啊,他们早就把灵魂出卖了。"

上帝问:"出卖给谁了?"

彼得说:"给了位子、票子、女子、房子……"

上帝不解道:"为什么?"

彼得说:"过去他们穷怕了,现在有机会不劳而获,一夜暴富,享不尽的荣华富贵;谁不把灵魂当破烂换了?这要靠个人奋斗,如今谁还有这个耐心?"

上帝不悦道:"你说的是个别现象,我就不信黄皮肤人都这样。"正说着,上帝眼睛一亮,见一个行走在大街上的年轻人,灵魂饱满。上帝说:"你瞧,他不是有十分的灵魂。"

彼得不屑道:"等他死的时候就难说了。"

上帝问:"怎么说?"

彼得说:"这年轻人面前的诱惑多了去了,尤其走在这条道上,到头来难逃空壳的下场。"

上帝说:"彼得,你对黄皮肤人太悲观了吧。"

彼得说:"主啊,您要不信,我们不妨下去试试?"

上帝说:"好。"

于是,主徒俩到了大街上。彼得将年轻人叫到上帝跟前,对他说:"小伙子,这是上帝。"

"上帝?"年轻人惊叫着,扑通跪倒在地,磕头如捣。

上帝问:"小伙子,你一生梦想得到的东西,我都可以给你,但有个条件,就是要拿你的灵魂来换,你愿意吗?"

"灵魂?"年轻人迟疑道。

彼得说:"是的,小伙子。人都是有灵魂的。但没有了灵魂,既不痛也不痒,只是丢了与生俱来的尊严、信仰、良知、诚信、仁慈、怜悯、博爱、善良等;不过你将因此得到大量的位子、票子、房子、女子、车子等。"

年轻人大惊道:"你是说,没有灵魂,我就能跟我们局长一样了?"

上帝问:"你们局长怎么样?"

年轻人说:"他有上亿元钱存在国外银行,名下房产二十多套,玩过女人不计其数。"

上帝皱皱眉头道:"你们局长是干什么的?"

年轻人说:"他是市房管理局局长。"

上帝问："你也想跟他一样吗？"

年轻人吃惊道："这……这谁不想呀？"

上帝又问："一旦东窗事发，下场很惨。"

年轻人不屑道："现在做什么事情没风险？再说贪官那么多，丢脑袋的有几个？"

上帝再问："那你是愿意交换啰？"

年轻人频频点头道："灵魂这种空头巴脑的东西，要它何用？再说父母花了十万元钱，才把我弄进市房管理局，到现在我还是个清汤光水的小职员，愧对江东父老呀！"

上帝沉思了片刻，问年轻人："你相信爱情吗？"

年轻人却反问道："这玩意真的有吗？"

上帝指着大街上一位灵魂饱满的美少女道："有。让你与她朝夕相处，过一生清贫而又快乐的生活，你愿意吗？"

年轻人却笑道："亏您还是上帝？朝夕相处哪来的爱情？生活清贫又何来快乐可言？再说就算我乐意，人家还不乐意呢。"

上帝让彼得将美少女叫过来。

上帝把刚才对年轻人说的话，也对美少女说了，问她愿意吗？

美少女瞥了一眼年轻人道："他是官吗？"

上帝说："不是。"

美少女又问："他将来当官吗？"

上帝说："不会。"

美少女再问："那他有钱吗？"

上帝说："没有。"

"那我嫁给他干吗？"美少女白白眼走了。

上帝勃然大怒道："彼得，你还是把小伙子的灵魂按他的要求换了吧。回去,派所有的天使下凡,就用这个方法换取灵魂。"

彼得担心道:"主啊,这样天下会大乱的?"

"乱一乱也好,只要体制……"上帝说着朝彼得翻了一下手道:"懂吗?"

彼得答道:"懂了,主啊。我看您也累了,我们回吧。"

于是,主徒俩返回天堂。

上天堂的标准不能降

这天,上帝闲着也是闲着,取过天堂灵魂簿信手翻来;他翻了一页,又翻了一页,最后将整本天堂灵魂簿翻了个遍,就砰地拍在办公桌上。随即,大使徒彼得应声而入。上帝指着天堂灵魂簿叫他自己看。彼得默默地从头翻到尾,没什么问题呀。彼得也不敢多嘴,静静地等着上帝指示;尽管上帝喜欢肚里做文章,凡事都爱让使徒们猜,但有谁猜得中上帝的心思呀?上帝边用手揉着胀痛的额头,边叫彼得一个个念来听。

彼得翻回第一页,轻声念了起来。

灵魂一:雅那切克,男,65岁,郊农,妻亡,被强征强拆后失地失业,抑郁而亡;终生与土地为伍,平庸懦弱,无英华可以自见,无名誉可以震俗,虽无作为,但不害人。拟上天堂。

灵魂二:康斯坦丁,男,54岁,工人,上班途中被公交车撞死;老好人,凡事睁只眼闭只眼,最多的麻烦和不公也照单全收,从不得罪人,终生窝囊无为,但本性善良。拟上天堂。

灵魂三：杜伦迪娜，女，72岁，公务员，病故；爱贪小便宜，但不贪污受贿；自私自利，却常给乞丐零钱；钻营取巧，反而碌碌无为。终生无可圈可点，也无大错大恶。拟上天堂。

灵魂四：舒尔茨，男，43岁，职员，在火车站候车时被恐怖分子砍杀；酷爱小偷小摸、小赌小嫖，为人处世毫无原则，三教九流皆是朋友，终生浑浑噩噩，形同白活。拟上天堂。

……

上帝大皱眉头，朝彼得摆摆手道："你们就以这个标准，将这些一文不值的灵魂收入天堂？"彼得脸露难色，支支吾吾道："上帝呀，我们也不想呀；但人间现在这个样子，想收到万古流芳、明德惟馨、仗义疏财、负重致远、威武不屈、富贵不淫、海枯石烂、守身如玉……的灵魂，其概率几乎为零；就目前状况而言，能收到明哲保身、委曲求全、随遇而安、自食其力、心地善良、碌碌无为……的灵魂，已经不错了。问题不是我们降低了标准，而是人间的底线崩溃了；龌龊的灵魂比比皆是，干净的灵魂又有几个？而伟大高尚的灵魂打着灯笼也找不到。如果我们还是高标准严要求，谁还能上天堂？如果谁也上不了天堂，那又如何诫勉凡人呢？"

上帝铁青了脸，说："我不信！照你这么说，人间就没有志士仁人？就没有壮志凌云、雄才大略、平步青云、功高盖世的庸中佼佼者？"彼得小声道："昨天貌似有一个，但被我打入地狱了。"他取过地狱灵魂簿，翻到记录的最后一页，拿给上帝看。他说："此人叫马列斯，是个无赖，30岁前没干过一天活，有他老婆养着；他老婆听信邻居劝告，逼他出去干活，她说你先找个地方干点什么，慢慢就会升职，然后换个好工作……他嫌老婆烦躁，找了把洋锹，气鼓鼓地在屋后胡乱挖坑；邻居从窗口探出头来，问他挖什么呀？他说金子。邻居问这儿有金子？他咧嘴露出一颗金牙。

邻居问你需要人吗？我去把亲戚都喊来。院子里的人得知发现了金矿，就都归他指挥。第二天警察来了，说开采金矿，要去警察局、市政府申请许可证；要登记注册矿区，签订私人开采金矿合同；还要到财政局备案。但他左等右等，私人采矿合同没批下来，市政府却专门成立了市属采矿企业，他任经理，派给他100名采矿工、40名洗矿工。首都方面对这种贵重金属的开采管控极严，随即又成立了独立的国有黄金开采企业，他任总经理，派给他1000名采矿工、400名洗矿工，另有女秘书、厨师、司机和专车，俸禄也极高。随着开采工作的展开与深入，他们挖了院子、街道和公共设施，就与市政部门起了争执，首都方面出面干预，他就成了城建与金矿开采联合企业的经理。接着挖了电影院和歌剧院，他兼文化艺术管理局局长。再接着挖了机场，他又兼机场经理……最后他身兼数十职，实在忙不过来，他就辞去其他职务，只担任国家金融部门的要职。从此，他房产无数、国外存款无数、小三小四无数、黄金无数……而开采还在浩浩荡荡地进行中，却始终没有挖到黄金。您说，他的灵魂能上天堂吗？"

"这是个案，不能以偏概全。"上帝半沉思半疑惑道。

彼得说："那您往前翻翻看，几乎都是如此。在当下，在人间的每个领域，都不乏像马列斯这样的能人与大有作为者，他们个性鲜明，极具创新性的破坏力，他们什么都挖，以摧毁数千年来人类文明所沉积的道德、信仰和人格尊严为手段，极大地满足个人全方位的欲望。人间貌似繁华如锦，实则无底线地堕落。一部分人过着骄横奢侈的生活，而极大部分人则跌入绝望的低谷。如果让这样的灵魂上天堂，那天堂还有什么庄严神圣可言？人们还会相信有天堂吗？"

上帝突然直起身来，对彼得怒吼道："就算如你所说的那样，上天堂的标准也不能降!"他吩咐彼得:"去把其他人叫来,我们下趟人间。"彼得去叫其余十一个使徒时,脸上露出欣慰的笑容。他天天将天堂与地狱的灵魂簿放在上帝办公桌上,已经很久了,总算没有白忙。他自言自语道:"是到时候清除灵魂的沙尘暴与雾霾了,让那些金子的和湛蓝的灵魂重现人间。"

上帝的一碗阳春面

这天,上帝回到天堂,把祭司亚伦召去,对他说:"去给我煮碗阳春面来。"

亚伦就急忙叫他的四个儿子去办。

亚伦是上帝的祭司,相当于天堂的后勤总管;他的四个儿子都是御厨房大厨,专门负责上帝的饮食。这次上帝外出巡视长达三个月,让他们闲得蛋疼。现在上帝回来了,一个个磨拳擦掌,正准备好好露一手;谁知上帝却只要一碗阳春面,惊得他们面面相觑。阳春面是什么?他们当然明白;但清汤光水的一碗光面,最多放三颗葱花、两颗盐;但这样的一碗面上帝要吃吗?退一万步说,就算上帝要吃,你能给他吃吗?兄弟们琢磨来琢磨去,答案只有一个:上帝这是故意给他们出的难题,就是要看看他们各自的本领,谁能把一碗阳春面烧得活色生香滋味第一流,谁就是祭司的继承者。因为亚伦在上帝面前点头哈腰的,但转身就人五人六的,常常惹得上帝很生气;另外他已年迈,上帝早就想让他休息去了。

四兄弟铆足了劲儿,就在天堂御厨房忙碌开了。

不一会儿，亚伦的长子拿答奉上他煮的阳春面。上帝举筷，从碗里挑起面条，热腾腾的香味就扑鼻而来；上帝一阵恶心，放下筷子，就问拿答："你煮的是什么？"拿答垂下双臂，恭敬地答道："神呀，我是用刚磨的精细麦粉与刚下的鸡蛋和面杵制的，底料只用了高汤，撒了三颗葱花，就是您要的阳春面哪。"拿答追求的是一个"快"字，他总是能赶在兄弟前面，第一时间把事情做好。但上帝大皱眉，挥手，让他将原封不动的碗面撤了。

亚伦的次子亚比户随后奉上他煮的阳春面。亚比户将七种颜色的食物剁成粉末，和在精细麦粉中，轧出七色的面条；蒸以清水，再将每色面条盛到碗里，就成了一碗彩虹般美妙的阳春面。亚比户追求一个"美"字，但凡他制作的佳肴无不形美。谁知这无与伦比的阳春面，上帝一口都没吃，就没好气地责备道："你是怎么搞的？尽煮些乌七八糟的东西来糊弄我？这是阳春面吗？阳春面是这个样子的吗？"

亚伦的三子以利亚撒见大哥和二哥败下阵来，心中窃喜，就笑微微地奉上他煮的阳春面。以利亚撒追求的是一个"鲜"字，他将数十种现采的菌类植物、新鲜鱼肉、现剥虾仁和西红柿、红辣椒等佐料，用搅拌机磨碎后，过滤，将汁水熬熟，冷却后和以精细麦粉，杵成面条。面条煮沸后，捞起，加清开水、盐和葱花即可。以利亚撒坚信只要上帝吃上一口，非鲜得眉毛都掉下来不可；而且味道酸酸的、辣辣的，绝对的开胃，增强食欲，上帝绝对爱不释手。耶和华端起碗来，只吃了一口，就一阵反胃，不但将口中之物吐了，还让亚伦取来清水漱口。这次耶和华连问都懒得问，就挥手让亚比户把他的粥汤端走。

上帝余气未消，又道："叫你们煮一碗简单的阳春面，至于搞得这么复杂吗？"

候在门外的拿答、亚比户和以利亚撒都瘪着嘴,纵起鼻子,小声地嘀咕道:"神呀!谁想搞得复杂呀,还不是因为您是上帝!"

亚伦见势不妙,叫小儿子以他玛先等等,他赶忙去找弟弟摩西;摩西是上帝最宠爱的使徒,这次外出巡视就是由他陪同上帝的。亚伦把上帝一回天堂就说要吃阳春面,以及三个儿子上面被挨骂的情形详细地说了,便询问是怎么回事?上帝出去巡视是否碰到啥事,或受了啥刺激?摩西想了半天,摇头道:"这次出巡很正常呀,所到之处都热情款待,天下的飞禽走兽、山珍海味,可谓都是吃厌了。"摩西最后说:"我想是上帝在外面吃倒了胃口,就想吃点清淡、粗杂的东西吧。"亚伦有些不放心地追问道:"你确信?"摩西说:"绝对错不了。"他张开自己的嘴,朝他哥哥哈气道:"你闻闻,我这张嘴都吃臭了;也只想吃点清淡、粗杂的东西呢。"

亚伦心中有了底,就去御厨房的粮仓里找了一袋发芽的小麦,粗粗地磨了下壳,就像糙米一样是活的米,这小麦也是活的麦,磨了粉,黄不啦叽的;用清水和了,杵成面条;先在沸水中捞了一下,换清水再煮沸,加了三颗葱花两颗盐,就让以他玛端了上去。以他玛见老头子煮出如此粗次烂糟的阳春面来给上帝,吓得双腿都软了,给上帝端去时浑身哆嗦,只怕自己命不保夕;谁知上帝一吃,竟然龙颜大悦,连声称赞:"这阳春面好!又香又鲜,口感也好;不错不错,到底是亚伦的儿子……"气得候在门外的三兄弟直翻白眼,怨老头子不公平,偏爱小儿子。

上帝难做人

上帝站在云端俯视人间,久久没有吱声;彼得、约翰、雅各、犹大等十二使徒默立其后,使劲盯着下方,想搞清楚上帝到底在看什么。忽然,上帝回头笑道:"你们瞧这些凡人,多有意思呀。"大家顺着他的手指,看到一群凡人在凡间为活命而奔走。上帝自言自语道:"有趣有趣,好玩好玩。"十二使徒默不作声。上帝又问:"你们说,我投胎做什么人好呢?"由十二使徒组成的最高领导机构——天朝统治局常委会——随即召开紧急会议,共商大事:上帝投胎做什么人好?会议由首席使徒彼得主持,称上帝久居天朝,不明凡间真相,如今他老人家要下凡投胎做人,切身体验凡间疾苦,这是凡间的福音,也是十分必需的,意义重大;下面就上帝投胎做什么人为宜展开研讨,大家集思广益、广开言语,提出切实可行的方案。

约翰首先发言:"上帝下凡,那还不弄个国王当当?"马太反驳:"他老人家放着天朝的上帝不当,去凡间当一个小小的国王?这也太有失身份了吧。再说上帝此行是去体验凡间疾苦,不是去当山寨王的。"安得烈说:"马太说得在理,别说国王,就是皇亲国戚,上帝也不会做的;我看还是当元帅吧。"彼得接茬道:"元帅是个武将,万一凡间爆发该死的战争,岂不是将他老人家置身于危难之中,就算不上前线,但指挥官所在地必是导弹首轰目标,现代武器都是长眼睛的,逃都无处可逃,不妥不妥;另外,就算和平年代军队也不是净土，只要有个下属用装有数百公斤黄金的高级轿车去贿赂他，届时轻则锒铛入狱，重则脑袋搬家。"雅各没好气地问："你俗不俗？上帝还会在乎区区数百公斤黄金和一辆轿车吗？"彼得却十分肯定道："那可不一定，只要到了凡间，上帝就是一介凡夫，七情六欲样样有。"约翰连忙周旋道："当不了武将，可以当文官吗。"安得烈就问："当文官有啥好的？我看凡间的文官都阴阳怪气的，当面笑嘻嘻，背后参你一本；你没站对队吧，官越当越小，最后连乌纱帽也没了；你站对队吧，如今的天子又不是终身制，连任两届也就十年工夫，一朝天子一朝臣，朝朝天子杀旧臣，主子一落马，你就被株连九族，到时候连个收尸的人都没有。人生就算有一百年，拿生命十分之一时间的辉煌去赌一生的悲惨，你们说值吗？当然，你们会说生命不在于数量，而在于质量；但他是上帝呀，你们说合适吗？"

彼得冷笑道："国王不能当，皇亲国戚也不能做，武将和文官更是高风险，你们说上帝还能投胎做什么人？"雅各说："我看当个专家学者合适，既才高八斗，又风流倜傥，混到院士，享受国家津贴，衣食住行不用愁，艳福不浅的话，八十二还能泡二十八的小妞呢。"约翰反问道："你以为学富五车是那么容易的事吗？别以为披一件白大褂，嘴皮子溜的就是专家学者？嘴皮子不溜的备几瓶纯盐水就是老军医？如今教授都成了会叫的野兽，做学问还不如卖茶叶蛋呢。"犹大提议："要不当明星吧？我看凡间的明星有钱又有势，活得风风光光的。"安得烈感叹道："明星风光是风光，但就是潜规则不好。你让上帝投胎女生吧，最后沦落得像个妓女似的，成何体统？再说明星的感情生活也太纠结，不是剩女，就是婚变，靠且行且珍惜是解决不了问题的。"马太说："那就当工人吧，凭力气挣钱、凭力气生活，老婆孩子热炕头，一杯小酒释前愁,小日子还是蛮幸福的。"约翰朝他扬手道:"你做梦吧你,都什么年代了,如今你倒去当个小工人看看,就算你起得比鸡早、干得比牛重、吃得比猫少,一辈子能赚下几个钱?还不够买个卫生间;你打算让上帝一家三口住在几平方米的卫生间里?吃喝拉撒倒是方便了,但那也得住得下才行呀。"

犹大说:"那就当农民,好歹有块地,自己盖个顶就是挡风遮雨的家,自己种来自己吃,至少衣食无忧。"约翰说:"不行不行,这年头动不动就征用土地、强制拆迁,你还睡在梦里,推土机已经撬起你家的山墙;你软弱吧,天当被子地当床,夜半冻死在废墟上;你强硬吧,就把你当钉子户,不整死你才怪;你誓死与家共存亡,浇上汽油点上火,死了也是白死,这叫畏罪自杀。"雅各也说:"还不光是房子的问题,现在又不是光屁股的原始社会,自己种点吃点就能活命;现在活在世上,哪样不要钱?想挣钱就得进城摆摊,这就恐怖了,都说县官不如现管,现管不如城管,一只西瓜就要你的命,那些城管别说是男人,就是孕妇也从不手软,该要命时就要命。"犹大说:"可以让上帝投胎到穷乡僻壤、穷山恶水的地方,好一个世外桃源,山里走到黑也不见一人;空气清新,绝对没有雾霾……"犹大还没有说完,安得烈就叫道:"你想让上帝在鸟不拉屎的地方待上一辈子?你就是让他呆他也未免呆得上呀,还不是跟蝗虫似地涌到大城市里去打工,你可知农民工的辛酸?"

紧急会议开了三天三夜,最后彼得苦笑道:"该说的大家都说了,结论只有一个:上帝不适合投胎做人。"于是,十二使徒跪拜在上帝脚下,犯颜力谏:"神哪,请您收回'投胎做人'的成命。"他们不说,上帝倒是早忘这茬;他连声道:"对对对,你们看我投胎做什么人好?"十二使徒齐声道:"神哪,您不适合投胎做人。"

"什么？我不适合做人，难道适合做狗做猫？"上帝愤怒道："你们不让我下凡，我偏下！"他拂袖而去，直落凡间；把十二使徒凉在云端，一个个愣得跟呆头鸭似的。

上帝失手

上帝早就想惩罚大恶人，这天见到他，就晴天一个霹雳，将他打死了。但仔细一瞧，坏了，打偏了，大恶人毫发未伤，死的是他身边的小恶人。上帝非常自责，因为小恶人罪不该死。围在上帝身边的使徒们却齐声叫好！上帝冲他们白白眼，问好什么好？

彼得率先赞道："主啊，您这是喻世之举！小恶人刚刚犯下罪——不但拖欠工人工资，还雇人打伤前来乞讨的工人——您这一手叫'杀一儆百'，警告那些家伙'严打'又要开始了，看他们还敢不敢为非作歹？"

上帝不悦道："你别动不动就'严打'，什么都从严从快处理；那还要法律做什么？亏你还是'立法委'主任，难道法律是给你们拿来做摆设的？"

彼得碰了一鼻子灰，低头不语。

雅各又赞道："主啊，您这是警世之举！大恶人是从小恶人来的，小恶人又是从好人来的；为什么一个好人会变成大恶人呢？老话说得好，'子不教父之过'；做父亲的就得承担起教育的责任。小恶人是大恶人的父亲。您打死了大恶人的父亲，正好起到警世的作用。"

上帝大皱眉头道："你别老是把教育责任推到父母身上,那还要学校做什么？还要'德智体美劳'各方面的老师做什么？教育的责任就在学校和老师。我知道社会主流是好的,可是哪来这么多禽兽校长和老师呢？百姓都将'为人师表'改成'为人师婊'了！雅各,你是抓教育的,你说这是怎么回事？"

雅各被剋,悔得直咬舌头。

约翰再赞道："主啊,您这是醒世之举！如今这世道是笑贫不笑娼、笑诚不笑奸、笑廉不笑贪、笑善不笑恶、笑智不笑愚……做人都不知道底线在哪儿？您老人家一出手,就令世人皆醒,什么是该做的？什么是不该做的？'不以恶小而为之,不以善小而不为,'人在做天在看,自作孽不可活……"

上帝反问约翰："现在的状况是小恶人死了，而大恶人却活着；照你的说法,杀一人是死罪,杀百人是功勋；贪污受贿十万元是死罪,贪污受贿上千万元甚至上亿元倒可以安享晚年,先判个死缓,再保外就医或改刑、提前释放……这就是你所说的底线？这就是你所说的醒世之举？放屁！"

上帝转过头去,朝保罗冷笑道："你还有什么要赞的吗？"

保罗却硬着头皮赞道："主啊,您这是英明之举！击毙小恶人就是对大恶人的惩罚,一种比击毙大恶人本身更沉重的惩罚。小恶人死不足惜，但大恶人却罪该万死。死一次岂不是太便宜他了,要让他生不如死而不能死、痛不欲生而长生之,让他一年365天一天24小时一小时3600秒秒秒都处在恐惧、绝望和悔恨中,让所有看得到听得到大恶人的人们都引以为戒,'榜样'的力量是无穷的,这才真正起到喻世、警世和醒世的效果……"

保罗不愧为十二使徒之首,嘴皮子溜的,不能不令其他使徒朝他暗翘大拇指。

上帝听他这么一赞,"龙"颜大悦。他指着大家笑道:"你们这些人里,唯有保罗是得我真传的人呀!保罗,余下的事情就由你负责吧。"

使徒们走后,上帝仍心存芥蒂,隐隐不快;为什么我就不能承认自己失手呢?

上帝的法力

上帝突然心血来潮,不顾十二使徒的劝阻,执意要下凡投胎做人,切身体验民间疾苦;但是到了人间,他才意识到做个真正的凡人,必须将自己体内的万能法力移交给他人,只剩下凡胎浊骨才行,不然就是一句空话;因为上帝的法力是万能的,有了它,上帝投什么胎做什么人还不就是上帝?但是万能法力交给谁看管好呢?上帝首先想到的是凡人,但转而一想,不行,凡人自从吃了智慧树上的果实就有了思想,有了思想就有了各种念头,欲望太多,万一被凡人据为己有,那据有者就成了上帝,而他只能像凡人那样度过一生,在凡间归尘归土之后,就永世不能重登上帝之位。

上帝想到这儿,只身进了深山老林,想在没有思想的动物中找一个法力看管者;山中百兽招之即来,面对龙腾虎跃的百兽上帝大皱眉头,最后将目光落在孤僻的悬崖底下,乱石间躺着一只瘦弱的病虎,其落寞状如同虎落平阳,对山巅的热闹充耳不闻,上帝微微一笑,遂将法力传授于它。病虎突然仰天长啸,呼地站

起身来,惊恐地向四周张望,随即又陷入沉思;忽然,病虎迈着坚定的步伐往山上爬,接近山巅时它走得很慢,一步一个脚印。待在山巅上的百兽纷纷让道,望着不怒而威、不言自重的病虎一步一步登上山巅,自封为王;百兽情不自禁地下跪磕头,高呼吾王万岁。病虎从此横行山中,霸占狼穴,卖官鬻爵,贪污受贿,原本光棍一个,如今老婆越换越勤、情人越换越小……上帝实在看不下去,便收回法力。病虎恢复旧貌,暴怒的百兽群起而攻之,将其活活撕碎。

上帝深知法力到了大动物身上如虎添翼,其爆发出来的能量相当惊人;或许小动物可以,便于操控……上帝边走边想,突然看到阴沟里漂来一只死老鼠,顿时灵机一动,这老鼠是人人喊打的小玩意,再说还是死的,即使拥有万能法力,也不至于闹出多大的动静来,于是就将法力授予它。死老鼠随即就还了魂,原本四肢朝天的它,灵活地转身,嗖地爬出阴沟,就像上岸的狗一样浑身摇摆,将身上的臭水甩干净,就迅速蹿到不远处的一所老宅。不日,上帝去老宅张张,谁知老宅热闹非凡,只见十多条看家狗敲锣打鼓,几十只虎皮猫抬着花轿和嫁妆,浩浩荡荡地从老宅出来;上帝好生纳闷,就问看热闹的:"这是干吗呀?"对方悄悄地说:"鼠大王嫁女儿。"上帝指着狗猫道:"老鼠嫁女儿,这些死对头怎么……"对方笑道:"嗨,老兄真是孤闻寡陋,如今这世道猫狗认老鼠做干爹算啥稀奇,大象还叫他爷呢。"上帝暗暗叫苦,这还有天理吗?遂将法力收回,老鼠顿时毙命。鼠大王一死,虎皮猫又捉老鼠了,看家狗也拿耗子了,老宅里乱成一锅粥……上帝抽身回到天朝。

万能法力在凡间无处可存,上帝只有回天朝再想办法;十二使徒齐刷刷地下跪磕头,恳求上帝收回成命,大呼天朝不可一日无君。但上帝执意下凡做人,就把首席使徒彼得叫到办公室,要将法力交给他看管；彼得称万万不可，小的何才何能，如何守得住万能法力？上帝拍拍他的肩道："你行的。"上帝说你行，不行也行；彼得只有欣然受命。上帝将法力交给他，就下了凡。彼得拥有上帝的万能法力，白天坐在云霞上，黑夜站在烈火中，在天朝发号司令，俨然以上帝自居。上帝不悦，当即收回法力。他又叫来约翰。约翰说："上帝呀，您要信得过仆人，仆人愿意为您守护万能法力……"上帝就将法力交给他，再次下凡。约翰转身就为所欲为、专横跋扈，其恶劣行径比彼得有过之而无不及；上帝无奈，再次没收法力，他就不信，在天朝，难道就没有信得过的使徒了吗？难道我提拔的使徒都这种德行？难道万能法力的诱惑力如此强大？以至于他们一个个铤而走险、贪得无厌……上帝想了一宿，第二天一早将十二使徒全叫到跟前，语重心长道："有句老话叫'厚德载物'，就是说有多大的德能，方能承载多大的事物；万能法力并非一般圣者就能驾驭的，希望你们切记。"十二使徒谨听上帝教诲，磕头如捣蒜。上帝遂将法力交给十二使徒共同看管，他想如此这般，他们相互督促、相互制约，应该不成问题了吧。

上帝这才放心地下凡，但他到了凡间，依旧十分关注天朝的情况，数日后忽见天象异常，上帝担心的事情还是发生了；这些小土崽子们，嘴上说得好好的，等到上帝一走，他们居然轮流执政，朝令夕改、胡作非为，以上帝的名义中饱私囊、横行天朝。看来这万能法力在天朝也是无处可存，就像放出去的大老虎，到处害死人哪。于是，上帝急忙返回天朝，不但收回自己的法力，还将十二使徒请入瓮中，责令他们面壁思过；至于万能法力呢？上帝私人定制了一只牢笼，将它关入笼中。

从此，上帝不得不提着牢笼下凡做人，一生笼不离身，日夜守护着自己的万能法力。

人呀，你们在想什么

上帝每天都抽时间在天堂四处逛逛，和新上来的灵魂聊聊，问问人间近况。他非常随和，衣着朴素，怎么看都像个守天堂入口的老头；他跟人聊天，也绝无晦涩难懂的问题，只是些家常而已。就说这天，上帝遇到一位笑微微的老太，就问："女士，什么事这么开心呀？"老太说："我上天堂啦！我上天堂啦！"上帝微笑道："嗯，不错；想来您做了不少好事？"老太得意道："我呀，就知道好好做人。""说来听听？""读书时我好好读书，工作时我好好工作，做妻母时我好好做妻母，老了就好好地安度晚年。""那您为他人做过什么好事吗？""有呀，为我父母，为我丈夫，为我子女，做的好事可多了。""那为民族、为国家、为人类文明，您有过什么贡献呢？""我一个女人……有必要关心这些吗？小老百姓费那个心干吗？""那您在做人的时候，有设计自己的人生吗？有想过给后人留下点什么吗？"老太说："有呀，多挣点钱，留给子女。"

上帝礼貌地道了谢，转身叫住一位谢顶的中年男子，他问："先生，恕我直言，您年纪不大头发却不多？"谢顶汉一脸苦大仇深，连声叹息道："我这辈子呀，还没有一天睡安稳过呢，你说我的头发能不掉光吗？""为什么呀？""老先生，你在天上，你不知道做人那个难呀，良心不安……""呵呵，寝食难安，您都遇到啥事了？""你不是上帝，我就不妨跟你直说了吧，我这个人懦弱无能，见到路倒的老人，我不敢去搀扶，怕他诬陷我，害得我倾家荡产；

但不扶吧,我又良心上不过去,成天自责;见到抢劫,我又不敢与歹徒搏斗,你说走在街上还平白无故遭人砍,你跟歹徒过不去,那不是找死吗?但事后我又纠结不已,我怎么能这样呢?我还算是个人吗?""这样的事很多吗?""也不少,世间不太平嘛;当然还有其他七七八八的事情,都是跟人的良心过不去的……""那您确实睡不安稳了。您想过要改变现状吗?让救死扶伤、见义勇为成为大家的习惯,让每个善良的人天天能睡个安稳觉,让……"他摇摇头,老实巴交地说:"没有。这是政治家、改革家的事,我一个三班倒的小工人,能活下来就相当不容易了?哪有空想这些事呀?再说,想了也是白想。这不,今天车间里发生了一起小事故,就把我送上了天。""对了,您怕上帝吗?""当然怕了。要是上帝知道我见死不救、见义不为……我还能上天堂吗?""呵呵,看来您的忧虑还真不少。"

这时候又上来一位老驼子,上帝上前招呼道:"老大爷,您的身子骨……"老驼子缩成一团,咳得一张老脸像煮熟的山地紫薯,他急喘道:"老了,熬干了;我以为上了天堂,啥病灾都能消了,谁知还是这副鸟样子!"上帝拍拍他肩,他顿时挺直腰板,恢复到年轻时英俊的模样,容光焕发,力气大得打得死老虎;他惊恐地审视自己,失声尖叫道:"莫非您是……"上帝淡然答道:"这纯属自然反应。您上了天堂,时间一到都这样;要不,谁还神往天堂呀?"想想也对,他释然地点点头。上帝关切地问:"您在人间还好吗?"他突然大怒道:"好个屁!年轻时我想读书,却不让我们读,非要我们去斗那些教我们读书的人;中年时上我有老下有小,好不容易有一份凭力气吃饭的工作,却突然下岗失业,要自谋出路……""那您怎么办呀?""我到郊外租了块地,种蔬菜,这风里来雨里去,后背晒脱几层皮倒随它去了;每次进城卖菜,都被城管像抓小偷一样追赶,秤杆折断多少把,三轮车被没收也随它去了,有次跌倒在地,被他们像踢皮球一样踢来踢去……""有这种事?""唉,这种事多了去了。""那您怎么办呢?""我跑呀,我跑着跑着就老了,就跑不动了,就种不动地了,不得不回城里捡破烂,子女们嫌我塌他们的台,我就半夜里偷偷地出去翻垃圾箱,一翻就是半座城……""捡破烂能挣几个钱?""总比没有强,但不久我连脚都拖不动了,一身都是毛病,只有瘫在家里等死。""为什么不去看病呢?""医院是为公家人和有钱人开的,我哪看得起呀。"

上帝问:"那您这辈子试着去改变自己的命运吗?比如,您可以要求读书呀?工作呀?和公家人同等的福利呀?"他不屑地瞥了一眼上帝道:"你以为你是上帝呀?想改变就能改变。我们从小所受的教育,就是听话,做老实人,别的想都不用想;可是,我们听话了,做老实人了,却又人人欺侮,处处吃亏,你说人间这么大,怎么就没有一个替老实人说话的地方,为老实人维权的人呢?"上帝说:"就是上帝也改变不了人的奴性,人的奴性是要人自己去克服的;一个人的力量虽然微薄,但一个个人的微薄力量聚集在一起,就强大了,就能改变命运了。""你在天上,站着说话不腰疼,你倒去人间试试看?""您试了吗?""没。""您没试过,怎么知道不行呢?""唉,跟你这种人说不灵清。"他咕哝着,只顾自己走开了。

上帝站在云端上,透过脚下的云烟,凝视着人间如蚁群般的凡人,无不没头没脑地奔波;他双眼含着热泪,一遍遍地拷问自己:"人呀,你们到底在想什么?是我创造你们时,忘加了做人的核心原料?还是你们在尘世间,把我最重要的东西丢了?"

上帝的新诗

上帝领以色列人出埃及,找到许诺给他们流蜜与奶的地方,令他们安居乐业四百年后;上帝无所事事,这日与祭司亚伦在云端漫步,亚伦一味地恭维,列数上帝显大能耐的种种神迹;上帝却摇头道:"这都是过去的事了,你还提它做什么。"随后,上帝又感叹不已:"这天下太平也不好,弄得我都没事可做了。"亚伦就建议道:"上帝可以练练法书,一来可以修身养性,二来也显得您情趣高雅。"上帝顿时首肯道:"你这个建议不错,我试试。"亚伦立马招来天朝所有大书法家,奉旨教上帝书法;上帝在大书法家的点拨下,书法技艺大增。但上帝素来闲散惯了,练了一阵子就不练了。

亚伦又建议上帝练习画画,他同时招来天朝所有大画家,奉旨教上帝画画;今天这个大画家教油画,明天那个大画家教水墨画……上帝颇觉新鲜,倒是来劲了,夜以继日地学习画画。这下可苦了大画家,毕竟都是凡胎俗体,哪经得起没日没夜地陪练,一个个疲惫不堪,却又不敢声张。所幸的是上帝做事素无常性,等他能画三脚猫的画了,也就对画画失去兴趣。大家这才如释重负,回家睡觉。上帝画了几幅孬画,在画上题了几句歪诗,就觉得没劲透了。但亚伦绝口称赞,说上帝的画好,书法也好,如果诗好的话,那就诗画书法俱佳,天上人间的绝品。上帝一脸不悦,反问道:"听你的意思是说我的诗不好啰。"亚伦竟吃了豹子胆,居然向上帝建议学习作诗;而上帝竟然也同意了。

　　亚伦又招来天朝所有大文豪,奉旨教上帝作诗;上帝嫌作诗婆婆妈妈,吟上一两句就没了兴趣。这天亚伦给上帝整理书房时,发现当年上帝领以色列人寻找流蜜与奶的地方时,即兴做过一首诗《念奴娇·巴兰四歌》,也是上帝留下的唯一一首完整的诗篇;他将此诗抄了一份,向大文豪赐教。大文豪传阅之后,纷纷口诛笔伐,批得一无是处;什么"谁能数点雅各的尘土",什么"蹲如公狮,卧如母狮",无聊! 亚伦等他们安静下来,坦言此诗为自己所作。大文豪无不下跪,磕头认罪。亚伦微笑道:"没事没事,此乃诸位的肺腑之言,令人受益匪浅;我想拜托各位大文豪,能否将此诗逐句逐字修改,让它像一首诗?"大文豪均称多有得罪,聚集在一起,悉心修改。三天后,他们将诗稿通篇修改后交给亚伦,亚伦拜读后问:"不能再修改了吗?"大文豪齐称一个字都不能动了。亚伦便道出实情,说这是上帝的旧作,并叙述了此诗的来由。当年上帝领以色列人出埃及,为他们寻找流蜜与奶的生息之地,途经摩押平原时,摩押王两次用重金恳请先知巴兰去本国咒诅以色列人,驱赶他们。第一次上帝不许,巴兰拒绝。第二次上帝同意巴兰前往,却又派天使手持拔出来的刀三次阻拦。第一次巴兰骑的驴跨入田间。第二次驴贴着葡萄园的围墙走,挤伤了巴兰的脚。第三次驴索性趴在路上,不走了。巴兰三次痛揍驴。驴开口道:"我向你行了什么,你竟打我这三次。"巴兰说:"因为你戏弄我,我恨不能手中有刀,把你杀了。"驴说:"我不是你从小时直到今日所骑的驴吗? 我素常像你这样行过吗?"于是,上帝出现,教导巴兰到摩押后如何行事;巴兰在摩押四次设祭坛歌赞上帝,把摩押王气昏了。上帝就此写下《念奴娇·巴兰四歌》以纪之。大文豪听后,纷纷下跪磕头,恳求亚伦容他们再斟酌斟酌;他们又熬了三天三夜，修改到绝对动不了一个标点符号，才战战兢兢地交差。亚伦手捧大文豪再三润色的诗稿，拜读后大喜，什么叫锦绣文章、字字珠玑？这就是！他让大书法家模仿上帝早年的笔墨，抄写一份，藏在上帝的书房中。

有一天上帝想下去散散心，亚伦就建议他去摩押平原走走。上帝问为什么？亚伦就巧妙地提到巴兰往事及上帝的诗作；上帝不记得了，亚伦找出诗作来，上帝一瞧大为震惊，问："这是我的诗吗？"亚伦说绝对是。上帝意味深长地望着他道："好，那就去摩押。"亚伦立马给上帝铺纸磨墨，请他将此诗重写。上帝又问为什么？亚伦称上帝如今是书法大家，诗与书法俱佳，美轮美奂，带去让大家见识见识。上帝开心地笑了，连声道好。

亚伦派天使连夜到摩押平原，按当年的情景，恢复了葡萄园；在巴兰起身去摩押的途中，塑造了三座雕像：巴兰骑驴误闯田野、巴兰骑驴挤到墙边、巴兰骑驴趴在路上；栩栩如生，生动再现当年的景象。另外，巴兰四次设坛歌吟的地方：巴力已是现代化城市，而毗斯迦山已是旅游胜地；天使在一夜之间恢复了旧貌，拆除城池，重建祭坛；祭坛四壁，刻有巴兰当年满怀豪情歌赞上帝的原文。第二天，上帝在亚伦的陪同下，来到摩押平原；当地官员和群众夹道欢迎，追随上帝参观巴兰古迹。上帝置身于万民之上，吟诗一首《念奴娇·巴兰四歌》，四野掌声如雷。第二天，天朝日报头版刊登了上帝新诗；天上人间好评如潮，天神凡夫无不认真学习贯彻落实新诗精神，心得体会铺天盖地，纷纷表示深刻领会新诗的主题、旗帜、道路、精神和目标，为实现长治久安和伟大复兴贡献自己的力量。上帝对此十分生气道："你搞什么造神运动？"亚伦却笑道："上帝呀，您是神，还用得着天神凡夫来造吗？"上帝一声叹息，神情渐渐缓和下来。

扑 杀

西湖里的野鸭被扑杀了。

这些尊贵的天堂鸟眨眼之间就真的成了天堂鸟。它们组团上访,在上帝办公厅里闹事,要求上帝给个说法、给个公道,惩罚愚蠢的人类,杜绝类似悲剧再次发生。上帝办公厅厅长摩西也不敢惹恼它们,因为这些野鸭都是王室后裔、禽兽中的贵族;要不然它们能长久居住在举世闻名的西湖中吗?再说它们的上访,也不是为了自己,而是为了数万名被人类不分青红皂白就扑杀了的同胞。摩西不敢怠慢,了解详情后,请它们少安毋躁,他马上向上帝汇报。

上帝闻讯后,迅速来到接待室,亲切会见了这群亡魂。

野鸭七嘴八舌的,摩西叫它们一个个说,老野鸭民生让大家静一静,它清了清沙哑的嗓子,向上帝汇报今年春天在人间蔓延的 H7N9 型禽流感,以及人类扑杀的同胞种类与数量……听到这儿,上帝铁青着脸,拍案而起:"混账!人的生命是生命,禽兽的生命就不是生命了吗?"接待室的空气凝固了,大家连气都不敢喘,呆呆地仰望着生气、发怒、身体微微颤抖的上帝;上帝的脸色缓和了一些,吩咐摩西降半旗致哀。摩西走后,上帝对死难的禽类表示沉痛的哀悼。他问它们还有什么要求?民生提出两点:一、必须杜绝类似悲剧再次发生;如果人间一染上禽流感就扑杀我们同胞,那么我们一染上人流感,同样可以扑杀人类吗?再说,人类

环境越来越恶劣,禽流感的产生更多的是他们自身的原因,如果人类不在预防与自身上杜绝根源,悲剧还会继续发生。二、被人类扑杀的同胞中,有百分之八九十都是无辜的,它们不能白死;必须让人类为自己愚蠢的行为承担后果,必须惩罚他们,让他们清醒扑杀不是办法,以后决不再犯。上帝边听边频频点头,肯定了民生的请求合情合理,当即责令办公厅展开全面调查,拿出针对性方案来,届时定会给大家一个满意答复。最后,上帝对它们的归宿作了妥善安排,让它们在全球范围内自由挑选来生居住地。

  摩西遵照上帝的旨意,组织特别调查组,在全球范围内展开调查工作;三个月后,一份长达五百多页的调查报告递交到上帝办公桌上。报告详细阐述了黑死病、西班牙流感、病牛病、口蹄疫、甲型H1N1流感、H5N1亚型高致病性禽流感、SARS(非典型性肺炎)、H7N9新亚型高致病性型禽流感等历次瘟疫的发源地、经过和禽兽死亡数量,特别是像果子狸、蝙蝠、鸡、鸭、鹅、鸽、猪、牛、羊、狗、兔包括鼠等在内的禽兽,它们冤死、屈死、无辜而死的数量……报告最后指出,数百万的禽兽亡魂如今怨声载道,强烈谴责人类非法行径,坚决要求上帝拨乱反正,为它们平反昭雪,对人类绳之以法、严惩不贷,还众多生灵一个公道。午夜,报告在上帝手上几起几落,他手按着隐隐作痛的太阳穴,让摩西把几个部长招来开紧急会议,部长们从梦乡拔腿赶到圆桌边,摩西把调查报告一一放在部长们面前。上帝让摩西将调查报告内容作了简要陈述后,用手指愤怒地敲击桌面道:"人间发生了那么多瘟疫,死了那么多禽兽,你们为什么不汇报?"

  彼得、约翰、马太、犹大……部长们一个个面面相觑,不知如何是好。

上帝说:"现在,那些冤屈的亡魂都告到我这儿了,你们说怎么办?"

安全部长犹大说:"这事说大是大,说小也小,关键是我们怎么看?看什么?虽然这样那样的瘟疫时有发生,但总体来说,人间也是相对安全的。"

卫生部长约翰对犹大的观点表示赞同。

司法部长马太说:"人类作为食物链最高层的动物,是主按照自己的样子创造的,而且他们又吃了主智慧树上的果实,有思维会发明善劳动……从某种意义上讲,他们是人间的特权阶级,当瘟疫肆意蔓延,人类为了自身的安危,扑杀食物链下层的动物,情有可原。再说在瘟疫中同样死了不少人,而且大多也是冤死、屈死、无辜而死的。"

文化部长彼得说:"是的,我们应该多方面看待事物,人类有句话说得好,'多难兴邦,众志成城',人类能将这些瘟疫化作正能量,团结一致,去争取最后胜利;为什么禽兽就不可以呢?所以说教育要先行,不能让禽兽输在起跑线上,对禽兽的教育将是我们今后工作的重中之重。"

……

上帝听完部长们的意见,不禁冷笑道:"照你们的说法,人类扑杀禽兽还有理了?"

卫生部长约翰说:"主啊,在无法攻克病毒而瘟疫又大肆蔓延时,扑杀不失为鲁莽但行之有效的简便方法。"

上帝问:"禽兽的生命也是生命呀!"

约翰说:"人的生命更是生命呀!"

司法部长马太说:"主啊,'弱肉强食,适者生存',可您老人家定的自然法则。"

文化部长彼得说:"据我所知,人类已经意识到不少物种的灭绝与濒临灭绝,对他们自身只有坏处没有好处,他们制定动物保护法,并狠抓落实;所以说扑杀也只是特殊情况下的临时措施,并不影响到这些物种的灭绝。"

上帝问:"那你们说,我如何给亡魂一个交代呢?"

摩西起身又抱来一堆报告,分给大家;这是有关人类在历次瘟疫中所遭受的损失与死亡人数的调查报告。可以这么说,瘟疫扑杀人类的数量,同样触目惊心。这就是最好的交代。上帝匆匆翻阅完报告后,长叹一声道:"那就这样吧。散会。"

破碎的灵魂

有一群老鼠世世代代生活在一座巨大而破败的老房子里;老房子已千疮百孔,随时都会坍塌,但它们不敢离开老房子半步,害怕老房子以外的大千世界。因为它们生来就被告知:你们是一群卑劣而又丑恶的老鼠,有的只是破碎的灵魂;而任何一只灵魂破碎的老鼠,人人得而诛之。这群老鼠因此偷安于老房子的生活,卑微地度过自己阴暗潮湿、贫穷苦难的一生。

有一天上帝经过此地,看到它们的处境,起了恻隐之心;他灵机一动,随手指住一只刚出生的小老鼠,对大家说:"这是一只灵魂完整的老鼠,它的意志就像猫一样坚强;你们要坚守信仰,就像这个孩子,必定会有美好的未来!"

其实,这是一只极其普通的小老鼠,它的灵魂与其他老鼠并无二致。

上帝这么做,也是一番好意;他希望它们生活在阳光下,过上幸福快乐的生活。

鼠群跪拜着目送上帝离去,痛哭流涕。

上帝点了下头,最后道:"一切都会好起来的。"

上帝走后,鼠群像炸了锅一样;它们对上帝的旨意展开了深入反复的研讨;三天三夜,老房子里叽叽喳喳的争论声不绝于耳;当第四天的曙光从千疮百孔的漏洞中照射到它们身上时,鼠群一致认为:上帝指定的小老鼠是只神圣的老鼠;因为上帝赋予了它完整的灵魂,由它来领导鼠群,必定能实现上帝所赋予的愿望。

于是,刚出生的小老鼠就成了鼠群的领袖。

为了表示对它的敬畏,或者说对上帝的敬畏;鼠群将这只小老鼠敬奉为"猫"。

毋庸赘言,"猫"的成长环境、条件及其他,造就了长大后的"猫",不但身材威猛,满脸横肉,浑身长毛油光乌亮,身为老鼠却有猫一样的锋牙利爪;而且具有施虐倾向、反社会、偏执、过度自恋、精神分裂和人格分裂等人格缺陷。这是独裁者的通病。"猫"不断地与老房子外的同类挑起事端,以保卫老房子的名义,将鼠群一次次推入战争的泥潭,生灵涂炭、民不聊生,鼠群怨声载道;"猫"怀恨在心,宣扬自己是上帝特使,以拯救灵魂破碎的群鼠为己任,又一次次地开展群众运动,召号老鼠斗老鼠,将它们推入险恶的逆境中,让它们内心痛苦,筋骨劳累,饱经贫困,受尽折磨;必要时作践它们的尊严,泯灭它们的鼠性,让它们终日战战兢兢如同筛糠、欲死不得、欲活不能,以达到坚定它们信念、净化它们灵魂的目的。不少浑浑噩噩的老鼠,经受不住考验,企图结束自己的生命;但"猫"不许它们死,怎么可以轻易地求死呢?作

为灵魂破碎的老鼠,必须"生于忧患",在斗争中求生存。

唯我独尊和绝对权威的孤立处境,让"猫"产生被害妄想和自身夸大错觉,喜怒无常,动辄就用它锋利的爪牙玩弄老鼠;见谁不顺眼,就叫谁趴下,谁就得乖乖地趴下;围观者顿时叫好。"猫"又命令它四脚朝天。围观者愣住了。这个行为相当于女人在光天化日下被剥光衣裳,尊严扫地;但老鼠反而面带微笑,在"猫"的脚下四脚朝天。"猫"奋力一抓,老鼠不但被重重地摔出去,而且肚皮上留下五道伤痕。围观者连声叫好。老鼠眼里噙着泪,咬紧牙关,艰难地爬到"猫"的脚下,又一次四脚朝天,"猫"又是奋力一抓,这次抓在老鼠脸上,又一次被重重摔出去的老鼠,死一般地挺在地上,双手捂住眼,鲜血从手指缝里渗透出来。它的一只眼睛被抓瞎了。"猫"又从刚刚还在叫好的围观者中挑出另一个"玩偶",或者是一群"玩偶",让它们在荆棘与麦芒堆中打滚,相互搏击、撕咬……直到"猫"失去兴趣,换上别的寻欢作乐的游戏。

那些遍体鳞伤、浑身是刺的老鼠,默默地回到自己阴暗潮湿的窝里,咬着牙将刺一根根拔出来;它们将刺当作针,咬着牙将身上的伤口缝起来……它们早已习惯这样的人生,不再去想这样活着干什么?心里不但不害怕,反而有一种轻松的坦然,去面对如此荒唐的现实。它们逆来顺受,听天由命;不敢言,也不敢怒。它们认为这是上帝的旨意,一切都是上帝安排的。即使到了"猫"的晚年,它更加目空一切地任意愚弄和践踏群鼠,在老房子里过着荒淫无度的奢侈生活;它们也觉得合情合理,丝毫不敢有抵触情绪。那些屈死、冤死、吓死、饿死……因各种原因过早地结束自己生命的老鼠,当它们的灵魂飘入天堂时,上帝意外地发现,它们的灵魂都是完整的、健全的。上帝为此而自鸣得意,想不到当年他随意而为的一个小动作,竟有如此大的收获。

终于,"猫"寿终正寝了。

想不到它们的神圣如猫的领袖,也像平凡的老鼠一样去世了。生活在大房子里的老鼠顿时惊慌失措,万民痛哭,如同世界末日;因为没有"猫"的领导,它们不知道今后该如何生存?再说"猫"的灵魂升到天堂,却令上帝大吃一惊,"猫"的灵魂破碎,而且罪孽重深。上帝大怒之下,令天使将其打入地狱。当他老人家再次经过那座巨大而又破败的大房子时,却意外地发现鼠群在新"猫"的统治下,依旧过着那样的生活;他长叹了一声,转身悄悄离去。

你哪个天堂的

上帝下凡,来到某地面接待站,告诉工作人员说:"我是上帝。"

工作人员相视而乐;其中一名问:"你是上帝?"

"是的。我是上帝。"

"呵呵,"另一名笑道:"从上面来的,都是上帝。"

"什么意思?"

"就这个意思。"

"上帝不就一位吗?"

"是的,应该只有一位;但事实上……"

"有许多吗?"

"是的。前天我们接待了一位,昨天又来两位,今天你又说自

己是上帝。"

"哪来这么多上帝？"

"是呀，验证一下便知。前天那位把大麻疯的病人洁净了；昨天那两位，一位把我岳母害的热病治愈了，另一位给干旱的田野降了雨；现在就看你了？"

"啊，神迹！可是，这两天我没下来过呀。"

他们就挤眉弄眼的，要上帝拿出手段来瞧瞧。

上帝说："真善美不是魔术，可以拿来向人表演的，或证明自己是大的；出口的乃能污秽人，出发点错了，凡这么行的都是小的，大的在天上。"他说着，用手指指天空。他们不懂上帝所说的，见他不能行神迹，便问他是哪个天堂的？

"哪个天堂的？"

"是的，你是哪个天堂的？"

"天堂不就一个吗？"

"是的，照理只有一个；但事实上……"

"有很多吗？"

"据说有九个。"

"九个天堂？"

"是的。九重天嘛。"

"所以，就有九个天堂？九位上帝？"

"难道不是吗？"

上帝淡然笑道："既然你们不肯接待，那我找别的接待站。"
"随你的便，"他们说，"你去哪儿都一样，这是必须要有的手续：一、显神迹；二、你是哪个天堂的；三、说明来人间做什么？"上帝说我随便走走。他去了另一家地面接待站，和他们所说的一样；他又去一家，情形也是如此。上帝顿时黑下脸来，意识到问题的严重性。他拒绝给第四家地面接待站显神迹,结果被轰了出来。

上帝站在第四家接待站门口,朝天打了个响指,九位门徒从天而降,个个惊慌失措;上帝问大门徒彼得其他人呢?彼得说:"腓力、马大和犹大就在人间办事,马上就到。"说话间,三人已到。上帝问:"谁前天洁净了大麻疯病人?谁昨天降了甘雨?"腓力和犹大应声。上帝又问:"你们是哪个天堂的上帝?"彼得急使眼色,劝上帝道:"主啊,我们进站再说吧。"那些工作人员趴在门口,吓得屁滚尿流。上帝说:"这里亮堂。你们说,到底是怎么回事?"

"主啊……"彼得帮腔道。

"你闭嘴。"

马大低头道:"主啊,这些接待站机构臃肿,人浮于事,阳奉阴违,巧取豪夺……我们压根儿使唤不动;唯一借主啊您的名头,才勉强能办点事,您不知道在地上办事有多难呀?""有这等事?""不信,您问他们。"工作人员见这架势,知道遇到真上帝了,一个个伏地不起。"这儿谁负责?""江站长不在。""他人呢?""在人间天堂。""人间还有天堂?""是。"上帝侧目而视,见会馆内大摆人奶宴,无数大腹男人和巨乳艳女乱作一团,荒淫无度,顿时愤怒道:"那不就是个破窑子吗?竟敢败坏天堂名声!"人间天堂轰然坍塌,无人幸免。上帝说:"既然如此,有这些接待站做什么?"说话间,所有地面接待站被撤,所有工作人员下地狱审讯,严肃处理。

彼得小心问道:"主啊,没有接待站,以后到人间办事也不方便,您看……"

上帝问:"没有专车,你可以打的;没有迎来送往,你可以用手机导航;没有酒宴,你可以啃馒头;没有警车开道与随从,你可以微服私访,更加了解民情……我看不出有什么不方便的?地面

接待站就是鲜明例子,没有上梁不正,哪来的下梁弯?整顿神风,就得从你们整起。"

十二门徒再不肯吭声。

上帝就挥手道:"你们忙你们的去吧,我随便走走。"

十二门徒顿时四散开去,通知各地。

来生做个永垂不朽的人

秦始皇驾崩后,灵魂直上天堂。上帝闻讯,让祭司亚伦速调他的履历来看;亚伦扛着秦始皇厚重的履历放到上帝的办公桌上,像个影子一般悄立在桌边,细细地翻开履历簿,默契地翻过一页又一页……履历详细地记载了秦始皇一生做过的事情:并天下、称皇帝、废分封、置郡县、征百越、逐匈奴、修长城、通沟渠、销兵器、迁富豪、车同轨、书同文、钱同币、币同形、度同尺、权同衡、行同伦、一法度、以法治国、焚书坑儒……直到翻完最后一页,上帝依旧傻呆呆地盯着秦始皇的履历簿。良久,上帝突然感叹道:"此人不得了,功比天高,罪该万死!"亚伦傻眼了,心说上帝这算是哪门子评介?既"功比天高",又"罪该万死",就叫下人难办了;是将他送入天堂好呢?还是打入地狱好呢?亚伦追随上帝多年,着实机灵;他轻声地请示道:"神呀,此人已在大厅恭候多时,您看如何处置?"上帝"噢"了一声,饶有兴致道:"你去请他进来,我见了再说。"

不一会儿,亚伦带秦始皇来到上帝办公室后,悄然退去。

"请坐。"

"谢谢。"

秦始皇欠身,坐在上帝办公桌前的真皮转椅上。

"你对自己的一生如何看待？"

"成了一些事,又败了一些事;仅此而已。"

上帝想不到秦始皇如此谦虚,更是另眼相看;他问:"想知道我是怎么看的吗？"

"想。"

"你的一生对于中国之大一统、对于中国政制之创建、对于中国版图之确立、对于中国民族之传承,可谓功比天高;但你专制独裁、横征暴敛、严刑峻法,不仅使秦朝在统一中国后只历时十五年就告覆亡,而且开创了中国未来两千多年的君主极权统治的先河,使老百姓长期过着难以忍受的非人生活;尤其是你焚书坑儒、修长城、广建宫室,大兴土木,为求长生不老之药,派方士率童男女数千人至东海求神仙等等,耗费了巨大的财力和人力,加深了人民的苦难,又可谓罪该万死。"

"上帝明察。"秦始皇皱皱眉头道。

上帝见他皱眉,就问:"怎么？有何不妥吗？"

"没有。只是我做个永垂不朽的人,却最后又毁于一旦。"

"不。你已经永垂不朽了,你已经永垂青史了。"

秦始皇摇摇头,态度坚决地说:"这和我想要的还差得远呢。我想做个完美的人;如果有来生,我一定要做个完美无缺的人,做个真正永垂不朽的人;世人说到我时,只有功没有过,只有赞美没有污点,我的一生纯洁如玉、毫无瑕疵。"

上帝微笑着摇头道:"没有这样的人生,同志哥！即使我耶和华也一样需善恶并使,为了让我的子民走出埃及,你不知道我使

了多少残忍的手段；后来在为他们寻找流蜜与奶的生存地时，我连自己的子民都让他们成千上万地暴毙在野外；更何况你在尘世间，要想有所作为，要成就一番大事业，怎么可能不作恶呢？"

但秦始皇依旧摇摇头，说："神呀，求您在我的来生删除那些恶、只保留那些善，让我如愿以偿地度过一生。"

"可以是可以，"上帝搔搔头皮道："但是删除了那些恶，你回头看看自己的今生，你还能做成什么事呢？你的任何一项善事，都是靠你恶的力量去完成的；不然，你只能庸庸碌碌、虚度余生而已，别说永垂不朽、永垂青史，就连个屁都不是！你现在想要的人生，只不过是一生下来就朽了的人生罢了。"

"我心已决。望上帝成全。"

上帝见秦始皇如此顽固，便招来亚伦，对他说："你就照嬴政的意思办吧。"

亚伦带秦始皇来到灵魂库，在灵魂调配与修复中心，通过最古老也是最先进的技术，删除他要删除的、增添他要增添的灵魂元素，重新投胎做人。

数十年后，亚伦来报，那个傻子死了。

"那个傻子？"

"就是秦始皇呀。"

"怎么样？他这一生是不是碌碌无为、毫无可圈可点之处？他以为做个完美的人很了不起，必将永垂不朽，其实狗屁，不过是人间多了张浪费粮食的嘴而已。"

"是。"

上帝朝亚伦挥了一下手，道："你叫下面的人，该咋办咋办。"

"是。"

亚伦悄然退去。

好人一生不安

突然，从天空中垂下一柱七彩光筒，照到石新身上；他顿时感到暖洋洋的，舒曼的音乐让他坠入轻盈缥缈的梦幻世界，鸟语花香，一对天使翩翩而来，微笑道："走吧，石新。"他惴惴不安地问："是叫我吗？"石新情不自禁地轻舞起来，身轻如燕，随两位天使升到天堂。天使说："你非常荣幸，今天是上帝接待日，他老人家要亲自接见你。"

石新跪在上帝面前，不安地低下头。

上帝说："石新，你是个好人。你生前所做的一切我都看到了，来生你有什么要求吗？"

"不敢。"石新声音轻得像蚊子叫。

上帝问："做个大好人怎么样？"

石新急了，忙道："别。千万别。"

上帝问："为什么呀？你此生不是做得很好吗？我相信，你可以做得更好。"

石新却说："我不想再做好人。"

上帝又问："为什么？"

石新说："我……我……不想在不安中度过一生。"

上帝惊叹道："呵，说来听听？"

石新迟疑了片刻，终于开口道："我出生时，母亲因我而差点过世，或许是母子连心，我就难受得不行。上幼儿园时，有小朋友

摔倒,我去扶他,却挨了老师骂……"

"为什么不告诉老师真相?"上帝插问道。

石新说:"我说了,结果老师连午饭都不准我吃,说我撒谎。"

上帝说:"就像你母亲难产一样,这些并不是你的错,你为什么感到不安呢?"

石新摇摇头道:"我不知道,但我就是难受。"

石新继续说道:"上小学时,有个同学丢了手表,我在厕所里捡到了,交给班主任;班主任虽然表扬了我,但同学们都拿有色眼镜看我。我心里一直极度不安,好像是我偷的。其实我完全可以当作不看见的,但这样做我也会一样内心不安。"

上帝说:"是啊,所以你是个好人。"

石新说:"读高三时,班里的男同学夜自习翻墙出去看电影、泡妞、抽烟什么的,我想合群但他们不让,事后他们被学校处罚,以为是我告的密,回家路上群起而攻之,打破了我的头;父亲责问我为何跟人打架?我不敢言,结果又挨了两巴掌,这样我还后怕呢,怕父亲把事情捅到学校,同学又要怀疑我了。我平常成绩不错,为此成天提心吊胆,结果高考名落孙山,有愧父母的养育之恩。"

上帝问:"那就再读一年高复班嘛。"

石新说:"父母说我不是块读书料,我也怕明年再……"

上帝说:"但你面对两个歹徒还是蛮勇敢的。"

石新说:"哪里呀?当时我都怕死了,在那条黑灯瞎火的弄堂里,脚都软了,挪不开步,他们见我不走,就动了刀子,他们以为我死了,才跑掉的。"

上帝说:"后来,那个被救的姑娘成了你老婆?"

"是的。我想做个好丈夫、好父亲,每天下班回家在门外先停一停,搓搓脸,把外面所受的委屈统统抛在脑后,才进去面对她们。但她总是埋怨我在门口磨蹭什么?是不是有什么瞒着她?她还抱怨自己当年猪头瞎眼,挑了个窝囊废老公。我女儿摊上我这个穷爸爸,只能给她买只小风车什么的玩玩,那都是些廉价的快乐。"石新深感愧疚地低下头。

上帝说:"你已经很不错了,兼了两份工,将所挣的外快,偷偷塞给已婚的女儿。"

石新说:"可是,我也帮不了她一生。这年头,恶人肆无忌惮,活得心安理得、有滋有味;而好人贫困潦倒,有几个生前活得心安的?"

上帝说:"你生前既没有亏待过一个人,也没有做错过一件事;为人和气,诚实善良,虽无轰轰烈烈大事,但也有可圈可点之处。说实话,你完全可以做到问心无愧。"

石新说:"但我做不到。"

上帝问:"所以你来世不想再做好人了,对吧?"

石新说:"是的。"

上帝又问:"那你想做恶人吗?"

石新忙摇头道:"但我也不想做恶人。"

上帝笑道:"你既不想做好人,又不想做恶人,倒是把我难倒了。"

上帝指了指底下,叫石新自己看。石新看到他老婆趴在自己的灵床上号啕大哭,一声声喊:"我的好人呀……我的好人呀……"上帝说:"活在人心便是永生。像你这样的人,来世不做好人又能做什么呢?"

石新十分不安地问道:"有没有那种可以安心一辈子、却又不用作恶的……"

上帝直起身道："有。但那是宠物狗，不是人。"

天使见上帝起身，就请石新离开："领导很忙，你已经耽误领导不少时间了。请……"

石新吓得赶紧起身，连声对不起。

送走石新，天使来请示上帝："主啊，石新这就去投胎，你看他投什么合适？"

上帝不悦道："当然是大好人了。难不成让他投胎做狗吗？"

黑匣子

22年后，聂树斌重新签证，登上开向天堂的列车。

在满车厢欢颜笑语的灵魂中，聂树斌瘦骨嶙峋、体无完肤，缩在角落里，呆若木鸡；前方投来耀眼的光芒，刺花了他泪流的双眼；他抿着抖擞的双唇，极力不让自己哭出来。22年了，他做梦也没有想到，自己还能登上这趟梦寐以求的列车。

22年前，一枚自费的子弹，结束了他年轻而又宝贵的生命。

聂树斌被押入这个灵魂中转站。从四面八方涌来的亡灵，挤爆了整个大厅，场面相当混乱，有人放声狂笑、有人号啕大哭、有人喋喋不休、有人挤来挤去……高音喇叭重复在喊："请大家自觉排队，在统一窗口签证后，检票进站；天堂号列车停在1号站台，地狱号列车停在2号站台。"不少穿制服的天使警在维护秩序，态度友善，微笑服务。聂树斌默默地排着队，内心被焦虑与期盼所咬噬；他在人间得不到公正判决，有冤无处申，只寄希望于无所不知、无所不能的上帝，还他一个清白。轮到他，智能机一照，吐出一张车票，坐在窗内的天使，"砰！"盖上公章，递给他；聂树斌瞧见是"地狱"，再也控制不住情绪，放声大吼："我是被冤枉的。"窗内的天使平静地喊道："下一个！"过来两位天使警，挟住他，拖入通往地狱站台的通道。

聂树斌在地狱站台上奔来奔去，逃避赶他上车的天使警；但全闭封的站台，他无处可逃。最终他被押上列车，列车不以鬼的意识为转移地开启了，轰隆轰隆地直奔地狱；在列车员毫无防备的情况下，聂树斌瞅准机会，跳车窗逃跑了。

从此，聂树斌成了孤魂野鬼，在茫茫天地间四处游荡。

无奈，聂树斌秉性淳良，平生不做亏心事；就像他妈妈教育他的那样，活着做个好人，死了做个好鬼。但你不知道做个好鬼有多难哪？因为其他孤魂野鬼，都是真正该下地狱的恶魔，他们拉帮结伙，无恶不作。在聂树斌四处游荡的那两年里，他先后被十多个恶鬼团伙欺压，他们嘲笑他懦夫，逼他去干坏事，他干不了，他们就百般欺凌他、千般折磨他，聂树斌上天无路、入地无门，悔不该当初；在地狱尚有个盼头，这日子何时是尽头呀？

聂树斌逃回灵魂中转站，闯入站长办公室；以诺接待了他，倾听了他的遭遇。以诺说："上帝造人时，在每个灵魂上安装了黑匣子。黑匣子记录了每个人在人间的善行和恶行，它不会说谎。"聂树斌请求复验。以诺爽快答应了。以诺边验边问："15岁那年，你救过一名落水儿童？没错。19岁那年，你护送一位女工回家？对的。21岁那年，你尾随同厂女工，犯下故意杀人和强奸妇女罪，被判处死刑……"聂树斌说："不是我，我是被冤枉的。"以诺说："这只是你一面之词。你不服、你上诉，但你没有证人，对吧？不然，人间也不会判你死罪。我看你也不像是个歹徒，但三界有三界的规矩，官僚主义和教条主义哪儿都有，绝对的公正连天界也不存在。我们只能以黑匣子的记录为准，如果你真是冤枉的，待以时日，总有沉冤昭雪的一天。时间是杀身之祸，但它疾恶如仇。"

以诺又问："你知道我是谁吗？"

聂树斌摇头。

以诺说："我是以诺，是神最宠爱的子民；但你知道我为什么不愿意待在天堂吗？因为那里全天候阳光明媚，暖洋洋的，除了打瞌睡，根本就无所事事。我知道你想上天堂的迫切愿望，我也同情你的遭遇，但我还是奉劝你，接受现实吧，在炼狱里好好改造，洗心革面，争取早日宽大处理。"聂树斌无语。以诺说："你能来投案自首，已有幡然醒悟的表现，我就不追究你逃逸罪了。"以诺亲自将他送上开往地狱的列车。

聂树斌在炼狱里，接受残酷的惩罚。

22年时光在人间或天堂，只是白驹过隙；但在炼狱，犯有两大重罪的聂树斌，却度日如年；上刀山、下火海、入油锅……那是平常事；最可怕的是，他经受不住魔鬼撒旦的诱惑，因为恶总是以善的面目出现，就像女人的目光将男人诱到她的床上。聂树斌宅心仁厚，常常上当受骗，脱胎换骨过一遍又得从头再来，绝望一次次摧毁了他；但他被告知，在这个世界被称为苦难的事，在另一个世界就是极乐。直到有一天，以诺派天使来提他出狱，他死也不敢相信。

天网恢恢，疏而不漏。当年犯下故意杀人和强奸妇女罪的流窜犯落网了，对犯罪事实供认不讳；聂树斌案经复查，改判无罪。消息从人间传来，以诺连夜向上帝请示，随后派天使将他接来。见到聂树斌，以诺倒吸一口冷气，他被折磨得不成鬼样；就让他在中转站休养了一段时间，才重新签证，当聂树斌接过"天堂"车票，顿时放声大哭。临行时,以诺拍拍聂树斌的瘦肩,宽慰道:"相信神的黑匣子了吧;我们绝不错杀一个好人,也决不放过一个坏人。"

皮　囊

马龙被押入地狱,十数天无鬼问津;忽然有一日,狱中鬼声鼎沸,众鬼押一人到他牢前,隔着铁栏问:"你认识此人吗?"马龙频频点头:"他是我们局长。""叫什么?""马必金。"两个小鬼突然下跪,冲一个大鬼磕头如捣,苦苦哀求道,"狱长,小的错了。""我跟你们提过多少回了,职业道德至关重要;"大鬼吼道,"人命关天,岂容你们半点马虎!"大鬼教训许久,责令他们赶紧送他回去。

两个小鬼急忙送马龙回人间,但是晚了。

马龙下葬多日,肉身溃烂,体无完肤,难以复活;即使复活了,也是个丑八怪。两个小鬼傻眼了,就急忙回地狱禀告狱长。狱长保罗翻阅地狱日志,见当日有一人处以剥皮刑罚,便将皮赐予马龙。当晚,电闪雷鸣,风雨大作;只听得天际有神骂道:"怎么搞的,又打偏了!"终于,又一次雷击,茔中的棺材炸飞,马龙被抛野外;一股阳气打通血脉,他从风雨中苏醒过来。

天亮时分,马龙敲响家门。

妻子开门,见是马龙,不!不是马龙,鬼呀!妻子尖叫,疾速撞上大门。

马龙发疯地敲门,百般解说,但往日如胶似漆的妻子,跟鬼

叫似的,叫他滚,滚呀！马龙从疯狂状态中清醒过来,黯然离去。他来到单位,谁知一踏进大楼,亲如兄弟般的同事像见到鬼了,仓皇逃窜,只剩下一座空楼。谁也不愿意听他一句解释,为什么？马龙身无分文,饿了一天；傍晚时,他去幼儿园接儿子。谁知儿子一见他就吓得大哭,他妈夺下儿子后,迅速逃离。马龙追到家,又被拒之门外。不多时,来了几个壮汉,将他撵走了。

但凡能去的地方、能找的人,马龙都去了；但谁也不承认他是马龙,换皮使他变成了非洲人,面目全非。臭皮囊难倒英雄汉。马龙去过派出所,没用。他又想方设法让亲友同事知道发生了什么事,包括坟茔被炸；对妻子,他更是说了很多只有他俩的秘密。但她绝情地说,你去死吧,再也不要来缠着我们了。马龙走投无路,沦为乞丐；他在人间没有姓名、没有身份、丧失了做人的资格……马龙万念俱灰,绝望中投河自尽了。

在摩西十戒中,自杀和杀人一样,犯了流人血的罪,不能上天国。马龙再次被押入地狱,怨声载道,保罗心软,附以缘由,将他送入天堂。掌管天国的彼得知情后,问他有何要求？马龙只求还他肤色。彼得笑道:"就这点？"马龙说是的。彼得让手下带他去洗白站,一洗即白。马龙愤然,当初为何不给他洗白？天使笑道:"地狱岂能与天国相提并论？可没这个玩意。"马龙再次被送回人间,鉴于他的冤屈,作为补偿,天使给他一串数字和两元硬币,说这里有你要的一切,好好看住呵。

马龙两次死亡,两次复活,身世离奇,经历坎坷,如今中了体彩大奖五百万元,果然大难不死必有后福；经当地媒体大肆渲染,一夜蹿红。妻子回来了,亲朋回来了,同事回来了……过去的生活回来了；马龙面对源源不断涌向他的人,总是胆怯地问:"你确定我是马龙吗？""嗨,你不是马龙还能是谁呀！"亲朋向他借钱,同事劝他投资,妻子哪里肯,硬拉他买房买车出国旅游,余下的都扔进了股市。儿子倒是跟他亲近了,唯独妻子,总是隔了层玻璃;每次跟她亲热,她不敢关灯,瞪着死鱼般的双眼,浑身僵硬,颤抖不已。马龙问她怎么啦?"没,没什么。"马龙感觉就像奸尸。

两年后的一个早晨,妻子再次鬼叫,轰他出门。

妻子吼道:"我就知道你不是马龙,你个大骗子!滚!别再缠着我们了!"

马龙敲门,哀求道:"难道连你也不相信我吗?我就是马龙。"

他说:"肤色不能改变一切,那只是肤色而已。"

原来,天国洗白术治标不治本,只能洗白一时;一夜之间,马龙又变回了非洲人,身上每一寸肌肤都漆黑如炭。马龙拿脑袋嘭嘭地撞门,为什么?为什么?马龙去找亲朋,去找同事,但谁都像遇见了鬼,退避三舍。马龙找派出所,被告之,户口在他第一次死亡时已吊销。马龙送去媒体报道,也没用,他无法证明就是他自己。马龙不甘心,去律师事务所寻求援助,要将他的财产夺回来;但数家律师都爱莫能助,他不但无法证明自己是马龙,而且所有财产都在妻子名下。他去幼儿园接儿子,儿子一见他就哇哇大哭,哭声将他的心撕碎了。

马龙跪在街上,朝天悲鸣:"上帝,救救我吧。"

"上帝,救您恢复肤色吧!"

"不能洗白,那就再给我五百万吧!"

但天国丝毫没有动静;明朗的天空,竟然连一朵云都没有。

给绝望无助的马龙致命一刀的,只能是他的妻子。她居然在赶他出门的第八天,就和一个英俊小伙子结婚了。婚礼隆重豪华,而且合法,无懈可击。万般无奈之下,马龙寻思着只有再往天国走一趟，才能要回一切。于是他割腕自尽。他第三次被押入地狱，嚷嚷着要见地狱长。保罗接待了他。马龙提出上天国的请求，保罗断然拒绝。保罗说："上次你是被冤屈害死的，令神同情；但这次，你是被自己的欲望害死的，不可原谅。你知道吗，生命是上帝赐予的，岂容尔等轻易损毁？你再次犯了流人血的罪，在地狱接受惩罚吧。"

"好呀，惩罚我吧！"马龙怒吼道，"把这倒霉的臭皮囊剥去吧！我不稀罕！"

"到现在你还认为是皮囊的问题，那你没救了；"保罗摇头道，"皮囊只是只袋子。"

"而已。"保罗再次强调道。

第三辑

北极的春天

大禹三过家门而不入之谜

大禹与涂山氏结婚才四天,就离家治水去了;此后,他三过家门而不入。

第三次刚巧夫人就站在门口,叫住了他;大禹只对她说了一句话:"我现在很忙,你照顾好家。"就匆匆走了。夫人望着他远去的背影,眼泪都下来了。因为这个男人用他瘦小的双肩扛着天下。因为这个男人是她的夫君。

如果不是隔壁的李嫂问,夫人是绝对不会往那方面想的;但李嫂问了:"有这么忙吗?"夫人自豪地说:"嗯!他在为百姓治大水呢。"李嫂又问:"最忙也不至于家都不要了,该不会是外面有人了吧?"夫人笑骂道:"瞎说!"别的男人她不敢说,但大禹绝对不是那样的人。

可是,夫人成天闲得剥手指甲,而大禹又偏偏忙得不着脚儿,让她独守空房,寂寞中不免带些怨气,于夜深人静时分,人的意志又分外薄弱,再加上现在这个社会,隔壁李嫂那个问就像定时炸弹一般,在她孤独的心房轰地炸响了。这女人要是野想开去,哪还得了呀?第二天一早,夫人就上单位找大禹的领导。领导都是懂艺术的,三言两语就试探出她的来意,自然对她一番好言相劝,又把大禹夸得跟一朵花似的;但夫人现在已不这么想,他就是一朵花,那也是人家小三的。

夫人被领导哄得回心转意,但回家后仍闷闷不乐;谁知李嫂气势汹汹地找上门来,责问夫人什么意思？夫人不明就里,问她什么什么意思？李嫂嚷道:"我也是好心提醒你一句,你这个人怎么能这样呢？就屁颠屁颠跑到领导那儿搬弄是非;你家大禹就是找了七八个小三,生了十七八个私生子,管我屁事？真是的。"夫人被李嫂呛得说不出话来。

是夜,夫人辗转反侧,又被李嫂的话惹出无限联想;明儿一早有几个傻头傻脑的小子找上门,自称是大禹的儿子,她也坚信不疑。如此这般,夫人在家哪里还安顿得了身段,第二天天还没有亮,就直接上工地去了。她学乖了,找领导有个屁用;捉奸要捉双,反映问题你没个真凭实据,还能不被人忽悠吗？夫人急匆匆地赶到工地,大禹果然不在;她要那女人地址,但同志们都说大禹一早就出去察看灾情了;同志们的话都跟领导一个腔儿,她还信那就太二了。夫人二话不说,就追了出去;但是这苍茫大地,她一个女人家从早追到晚,也没见着大禹一个脚丫印儿。夫人又饥又渴又累,就一屁股坐在荒丘上哭泣,头靠在双臂上,双臂靠在膝头上,发起了另一场大水。

再说大禹的领导,在夫人三番五次吵闹下,不得不找大禹谈话;但大禹就那贼脾气,时值治水攻坚战,他哪有心思理会此等鸟事,只给一句话:"要离就离。"拍拍屁股又去忙正事了。可是,后院失火那也不是小事,一时间流言蜚语四起,说啥都有。说大禹过一个村庄,就睡一个村姑;你往山头上一站,山下村村都有他丈母娘。说大禹是个敛财高手,所过之处地都给他剥去一层;所敛之财都藏在情妇们家里,大得无法估算。说大禹"裸体做官",大发国难财,并将巨额赃款转移到境外情妇名下,自己暂留国内以掩人耳目,一旦风吹草动,迅速抽身外逃。说大禹对上是奴才,对下是专制,一向专横跋扈……领导为此头痛不已,让大禹停职检查吧,这治了半吊子的大水谁来负责?若是让大禹继续干去吧,负面影响如此严重,搞不好就出乱子,谁担当得起呵?

领导们再三商议后决定,由宣传部牵头,成立"大禹先进事迹报告团",带夜赶写材料,不日赴各机关部门、学校和企事业单位,展开"学先进、树新风,对标挖潜、实现全面治水"的活动。另外,鉴于大禹夫人的近况,立即安排她到年轻干部培训中心工作。目的只有一个,只要大禹不倒,一切都不是问题。果然,领导的决策是英明的。随着大禹先进事迹的深入人心,那些流言蜚语不攻自破,消失得无影无踪。再说夫人,原本也是"闲"出来的心病,如今她在年轻干部培训中心从事接待工作,天天与英俊潇洒、风流倜傥的年轻干部说说笑笑、打打闹闹,心情自然大为好转。都说美女养眼更养心,其实俊男也如此;据说不久就传出绯闻来,害得领导又跑去做她的思想工作。

大禹治水,一治就是十三年,终于令天下长治久安。

大禹"三过家门而不入"便和吃苦耐劳、克己奉公的忘我精神紧密联系在一起,成为中华民族精神的重要组成部分。随后在全民海选中,大禹被天下人公推为国王。夫人涂山氏想不到自己有一天能够母仪天下,不禁暗暗地咋舌:"好险哪,要是当年与他闹开了,今天还不知是哪个女人占了我的位置呢?"但夫人依旧耿耿于怀他三过家门而不入,试图想解开这个谜;可是她每次问,大禹总是笑呵呵地反问道:"你说呢?"

给楚王打工

　　钞票难挣，但难挣的钞票也得挣。老实说楚王是个很难弄的领导，小心眼特多，特会编派人；能在别处打工，谁还会到他手上去送死！可是有什么办法呢？谁叫我们计划生育搞得晚，素来有"多子多福"的劣俗，落得今天人满为患，想寻口饭吃有多么的不容易。所以楚王的工，有得打还得打，而且大家都抢着打呢。

　　并非听说，楚王明里暗里妻妾成群，情人无数；谁叫他富得自己有多少财富都拎不清，买幢洋房，包个小蜜，小菜一碟。本来这与我们打工者浑头浑脑不搭界的，问题就出在这个富甲一方的总裁，原是个暴发户，整天跟个包工头似的，在大楼里转悠，贼眼乌珠滴溜溜地朝我们转，好像我们个个是贼似的。他看谁不顺眼，立马叫你走人；这也算轻的。弄不好还要叫你吃生活，官司上身。有一段时间，传出楚王好细腰的消息，虽是小道消息，却确有其事；他的两个小妾为了争宠，为了要楚王所好的细腰，拼命地节食，拼命地吃减肥药，结果腰还没有楚楚动人，自己却一命呜呼了。消息一出，我们也个个节食，拼命工作之外，还得保持"健美"的腰围。你想啊，这楚王刚从情人那里归来，那双看惯了水蛇腰的眼睛，要是看到我们"柏油桶"般的粗腰，将是多大的刺激；他的心中该有多大的不悦，总裁一皱眉头，谁能料到可能发生的意外事呢？要知道在楚王的公司内，一切由他说了算，完全是个人治的世界。

就在我们为工作、为细腰而面黄肌瘦时,又有消息传来,楚王忽然喜欢上了高髻,而且怪得很,高髻得不分男女;于是乎,从机关大楼到基层工厂,很多剃了平顶头、板刷头和游泳头的男男女女,被除名了。大家单等月中发了奖金,以百米冲刺的速度赶进城去,购得高髻的女士假发套,套在自己头上,管它男不男女不女人不人鬼不鬼的,只要令楚王赏心悦目就行,自己的饭碗也就保住了。所以一时间城里高髻假发套价更高。假发套尚未脱身,楚王又添了一好,好大袖。公司上下自然呼啦一下子,人人大袖得可以了。那大袖大到拖地,每只袖子里装个二三十斤东西不在话下;我们上班下班,上菜场逛商场,甚至出公差什么的,因有这大袖,什么背包皮箱的就统统免了。唯独不能进超市,人家怕你把超市扛回了家。

楚王在继续着他的喜好,可是苦了我们这些个披星戴月的打工者了。谁叫我们靠他才能养家糊口,总裁的好恶自然决定了我们的好恶;虽说楚王从未下令要我们这样那样,但我们不这样那样行吗?

故事新编

东郭先生

话说那只被东郭先生救了之后又想吃东郭先生的狼被农民用农具打死之后,东郭先生非常气愤,他不是气愤狼而是气愤那位农民,说是教训一下狼的,怎么竟把它打死了呢?东郭先生要农民赔,但东郭先生是个读书人,与农民伯伯评理自然是"秀才遇到兵有理说不清"了。农民伯伯嘀咕了句"神经病"就下地干活去了。

一时间,东郭先生与狼的事件传遍千里,世人无不嘲笑东郭先生的愚昧和可笑。可东郭先生驮着那只死狼和书籍回到城里之后,就到大学和企事业单位作"保护野生动物"的专题演讲;那张狼皮作为人类的罪证,被东郭先生扛着"南征北战"。

多少年后,由东郭先生一手创办的国际自然保护组织成立了,并立了法。多少年后,东郭先生不再被世人所嘲笑,他的思想才得到世人的共识。多少年后,农民打死东郭先生所救的狼的那天,被定为全世界野生动物保护日。

南郭先生

再说偏爱欣赏三百人吹竽的齐宣王一死,喜好听独吹的齐泯王做了皇帝,这使混在吹竽队伍里凑个数混口饭吃的南郭处士乱了手脚,哪敢再混下去?怎么办?三十六计走为上策。

也是天数,南郭处士想溜之大吉,却终究没有溜成;这专替皇帝搞笑的乐师,就待在皇帝鼻子底下,身在皇宫哪能由着你说开溜就开溜的。终于,这天轮到南郭处士给皇帝佬儿吹竽,南郭处士心想伸头一刀缩头也是一刀,横竖横就进宫了。

也是天数,活该南郭处士命大,南郭处士拿着吹竽说了个笑话,竟逗得皇帝佬儿开心,问他有什么要求?南郭处士到底是几十年在吹竽队伍里混的,除了不会吹竽,搞人际关系之类的自然

左右逢源；所以听到皇帝佬儿这么一说，他就要求离开吹竽队伍，另外弄口饭吃。谁知那天皇帝佬儿开心，就封他做了吹竽队伍的队长。

南郭处士做了队长之后，把吹竽队伍管得服服帖帖。

晏子的车夫

晏子齐国总理，乘的宝马香车，就是当时的高级轿车了，那马车上的大阳伞，约等于现在的中央空调。给国家总理驾驶宝马香车的车夫，虽一名国家机关公务人员，但也是高级白领阶层了吧；收入尽管不及大款大腕们，到底是先富起来了。那车夫也没别的爱好，有了钱，就趁着春秋时期一夫一妻制度还没出台，讨了三个老婆。

晏子要出国游说，取道车夫家门前的街道。布告三天前就贴出来，这天但见齐国的马路警察三步一哨五步一岗，更有几十辆摇着铜铃的开路马车吵闹而来，车夫的三个老婆出门挤在夹道看热闹的市民中，专等自己的丈夫"开"的那辆"宝马香车"。晏子的马车过后，车夫的三个老婆脸色欠佳，都像得了"肺气肿"。

再说车夫出国归来，车上带着相当于今天的法国香水、意大利皮衣之类的女人喜欢物，赶在回家的路上，心里荡漾着"小别胜新婚"的甜美。回到家里，车夫头一个去大老婆房里，大老婆却要跟他离婚。大老婆的理由是：你瞧人家晏子，都做了国家总理，还那么谦和，低头想着国家大事；再瞧你自己，一个大草包竟那么自满，没出息的，我将来还有什么指望呢！

车夫生气不已，大老婆天生爱唠叨，就拔脚去了二老婆房里。二老婆也说要跟他离婚。二老婆的理由是：今天我才知道你给谁赶车了。以前光听说他是国家总理，谁知那么矮小那么难看；难怪别的国家要叫他从小门啊狗洞里爬进去了。你瞧你这么高大潇洒、孔武有力，给这种人赶车，我的面子都让你丢尽了。要么你改行，要么离婚，你自己决定吧。二老婆收下车夫送她的法国香水，最后说道。

　　车夫心里那个懊恼，谁知一脚踏进小老婆的房门，小老婆更绝，掷了意大利皮衣，又把丈夫关在门外。小老婆隔着门慢声慢气地说道：我决定跟你离婚，各种手续我的律师会去找你的。车夫硬压着胸口熊熊的烈火，要讨个说法。小老婆道：跟你明说了吧，我不甘心做赶马车的老婆，我要做乘马车的老婆。车夫傻了眼，他想这些雌儿都吃了什么枪药了？！

北极的春天

　　老火炼蛇在热带丛林生活了五百年，早就厌倦了热带丛林的生活；因为是热带，它从出生到现在，从来没有休息过，也不知道冬眠是怎么回事，每天活得很匆忙、很累，它就想好好地休息一下。老火炼蛇听说北方有个很好的休息之地，叫北极，它就狠狠心，走了。

　　老火炼蛇走出那片生活了五百年的丛林，停在丛林北边的一棵老树下；它回头望望自己一直生活着的地方，这一走可能就永远不回来了。老树是它几百年的老朋友，老火炼蛇总得跟它道

个别、辞个行。老树非常吃惊,说你怎么会有如此稀奇古怪的想法呢?在家千日好,出门一日难;谁知道这一路上会遇到什么呢?老树劝它不要走,这里的生活虽说千篇一律,但熟悉得不能再熟悉了,所以才活得省心,你怎么活也不会出问题。老火炼蛇摇头道:"唉,什么样的活法我都活过N遍了,没意思。"它绕树一匝,拥抱了一下老朋友,匆匆离去。

老火炼蛇一路向北,来到青山绿水的江南。江南美,它替老树可惜,如果老树生长在江南的青山上,那将是多么高大的树呀,不知令多少人赞叹呢。老火炼蛇逢山过山,遇河过河,旅途生活非常精彩。在山中它遇到一头大野猪。大野猪活了很多年,在野猪中已经是位长者,但它从未见过如此巨大的火炼蛇,吓得拔腿就逃。老火炼蛇奋起直追,它们俩在高山上赛跑,最终老火炼蛇截住了它。野猪苦苦哀求道:"别吃我。"老火炼蛇笑道:"谁说我要吃你了?"野猪颤抖道:"那你追我干什么?"老火炼蛇说:"玩玩呗,这多有意思呀。"野猪得知老火炼蛇要去北极,惊诧得铜铃大的眼珠子都丢出来了,它说:"你是生活在热带的火炼蛇,去那个冰天雪地的北极做什么?找死呀。"老火炼蛇生气道:"你才找死呢。我们蛇是冻不死的,那叫冬眠,等春天来的时候,我们就又苏醒了。"

老火炼蛇告别野猪,执意往北挺进。它一路跋山涉水,来到大草原;大草原芳草萋萋,就像铺了天大地大的绿绒毯,老火炼蛇在绿绒毯上翻滚、畅游,捕捉野兔,那个美劲就别提了;当它飞速地穿游在大草原上,就像一条移动的河流。数十只秃鹫发现这条彩色的河流,纷纷停在河流上。老火炼蛇回过头来,把秃鹫吓坏了,又纷纷逃入空中。老火炼蛇没有理睬它们,独自戏耍着,继续向北。秃鹫中的带头大哥好奇地问它去哪儿?老火炼蛇说去北极。秃鹫们发出古怪的笑声。老火炼蛇问它们笑什么？秃鹫反问道："你知道北极吗？"老火炼蛇摇摇头。秃鹫大哥说："那儿成年雪花飞舞，冰冻千尺，你一条火炼蛇，虽说有五百年的道行，那也不是你该待的地方呀。"老火炼蛇说："知道那儿冷，我才去的。""呵，为什么？""我活了五百年，太累了，我想找个安静的地方休息，它们告诉我北极是最佳的去处。""你上当了！赶紧回你的热带吧。"老火炼蛇坚定地摇摇头，它说："即使是最冷的地方，它也应该有春天呀。"秃鹫大哥说："你会死得很惨的。"老火炼蛇无所谓地笑道："那就死得很惨吧。死，其实是最大的休息。""简直无可救药！"秃鹫们不再理睬它。老火炼蛇就一往无前地向北，再向北。

秃鹫们认准这老家伙会死在去北极的路上，它们尾随着老火炼蛇，准备等它寿终正寝后收拾残局；老火炼蛇越往北，天气就越是寒冷，行动就越缓慢。秃鹫们跟了一天又一天，跟了一程又一程；但老火炼蛇夜以继日地游，加快了前行的节奏，尽管它游得越来越慢。秃鹫们估计它早就该翘了，但它却依旧坚持着。虽说蛇是冷血动物，但在这很北的北方，外界的寒冷早就超过了它的冷血。这儿的低温连秃鹫们都感到绝望，可是这条来自热带的老火炼蛇咋就这么耐寒呢？它咋就还不翘呢？是的，老火炼蛇缓缓地扭动着巨大的身躯，一小弯又一小弯地扭动着身躯，慢慢地向它心中的北极推进。

跟随老火炼蛇已经很久的秃鹫早就不耐烦了，纷纷向带头大哥提议，老火炼蛇行动缓慢，失去反击的能力，现在大家合力攻击，定能将它收拾了。但是，奇了怪了，带头大哥却做出了一个令人啼笑皆非的决定：帮助老火炼蛇完成终生的心愿。秃鹫们傻眼了。带头大哥说："靠老火炼蛇的力量，是无法抵达北极的；但

它的这种精神令我肃然起敬,我想借大家的力量送他一程,你们看怎么样?"秃鹫们也深有同感,齐声道好。

于是,秃鹫们抓住老火炼蛇身体的不同部位,齐心协力,用它们强有力的翅膀,带着老火炼蛇飞上天空,迅速向北极飞去。住在北极地区的因纽特人,突然发现天空上飞过一道彩虹,惊讶得哇哇大叫。秃鹫们将老火炼蛇安放在北极一座空旷的冰岛上。老火炼蛇匍匐在晶莹剔透的冰上,感到从未有过的困意迅速将它包围,它知道那就是它想要的休息,便进入传说中的冬眠。雪落在老火炼蛇身上,雪落在雪上,老火炼蛇冬眠在厚实的雪堆中。

又是五百年过去了,春去春又回,老火炼蛇至今依旧冬眠在北极的雪层中。

百岁问题

这天,阎王闲来无聊,就召黑白无常陪他喝几杯阴酒,解个闷。阎王说,你们经常往阳间跑,有什么新闻说来听听。这黑白无常长年和魂魄打交道,他们的工作,就是到阳间将刚死的人的灵魂(当然,人魂到了阴间就成鬼魂了)押回阴曹地府,经判官审问之后,听候阎王的发落:该上天堂上天堂;该下地狱下地狱;不上不下的,那就赶紧投胎去做第二遭人吧。昨晚,他们去上阳山村押个人魂,路过下阳山村时,碰到一户人家在做佛事,给家中一位过世了十多年的先人,做百岁的阴寿,场面还来得个大、来得个热闹,但黑白无常看了却哈哈大笑,为什么呢?因为那位先人的魂魄(当年也是黑白无常押走的),早在八年前就往河上村投胎做人了,现在他已经是个八岁的小孩了。你想这么多人(有老有小、有男有女、有佛有道),在给一个八岁的小孩做百岁阴寿的典礼,这件事你说好笑不好笑?有趣不有趣?

阎王听了也哈哈大笑,连声说有趣有趣。

这件事阎王听过也就忘了,但黑白无常却记在了心上,等到阴曹地府召开第几届全国鬼民代代大会,黑白无常作为鬼大代表,联名在鬼代会上提出一个方案:为了与阳间接轨,建议将他们押回阴间的鬼魂,统一关押到百岁之后再作处置,这样就不至于阳间的亲人们还在给他做百岁阴寿时,而此鬼魂早已不存在,造成阴阳脱节,三界不和。这一提,此建议意义重大,而且凭着黑白无常与阎王的关系,与会者纷纷赞同,集体呼吁对百岁问题进行立法,在法律面前鬼鬼平等,无论你有多少阳寿,一律补足阴寿到百岁(除非阳寿超过百岁者,应当别论)。会后不久,立法报告送到阎王办公室,阎王阅之,非常高兴,大笔一挥,画了一个圆圈。又不久,《百岁法》颁布,阴曹地府一片欢呼声,声称地府法制改革取得了空前的胜利。

从此,在阳间活了八十年的人魂,被黑白无常押回阴间后,要在阴间待上二十年,过了自己的百岁生日之后方可:或转世为人;或修炼成仙;或被驱散魂魄,永世不得超生。而在阳间活了五十年的魂魄,就要在阴间再待上五十年……以此类推,一个在阳间活了一年的魂魄,就得在阴间待上九十九年。这样一来,阴曹地府不得不大兴土木,建造鬼魂居住的房子,此举极大地拉动了内需,国内的GDP年年快速增长,失业率不断下降,鬼民生活日益改善;但一些经济发达地区的鬼商,组成了不少炒房团,在全国各地哄抬房价(从中牟取暴利),造成鬼民有房住不起,尽管各地政府推出了不少经济用房,但仍旧无法满足普通鬼民的要求。鬼魂的迅速增多,造成与住房、教育和医疗等方面的矛盾日益突出、尖锐和激化,令阎王寝食难安,白发从他头顶心里一圈圈地蔓延开来。

终于迎来了又一届全国鬼民代表大会,判官的工作总结报告得到了与会者的首肯。黑白无常素来是鬼代会的明星,关心民众,关怀弱势群体的生活,为了解决全国鬼民住房难、教育难和医疗难的"三难"问题,在鬼代会上,黑白无常又大胆地提出废除《百岁法》的建议。黑白无常认为,"三难"问题的焦点,是如何控制迅速增多的鬼魂?而控制鬼魂的关键,就是废除《百岁法》。一旦鬼魂无须在阴间关押到百岁,而是来一个处置一个,何愁"三难"问题不能得到解决呢?这一提,此建议意义重大,与会者纷纷赞同,集体呼吁立即废除《百岁法》。会后不久,废除《百岁法》的报告送到阎王办公室,阎王阅之,非常高兴,大笔一挥,画了一个圆圈。又不久,《百岁法》被宣布废除,阴曹地府一片欢呼声,声称这是地府法制改革取得的又一胜利成果。

红 皮

我来自遥远的贫困乡村,现在繁华的都市谋生,是名小职员,收入悲观;但困扰我的并不是这个,而是我与生俱来的暗疾。谁料想得了呢?这一难言之隐,毁了我的生活。我结过两次婚,两次都因暗疾而告终;而今,我像一条丧家之犬,奔命于各种雾霾缭绕的都市中。

出娘胎时,我和天下所有的婴儿没什么不同,胸口那点红皮,犹如璞石,很正常呀;要说孩提时代有什么不同?我还真说不上来,再多就是比城里孩子野点、苦点、读书少点,就像野生野长在田头沟尾的杂草,只要不走出那一方土地,就不存在这个问题。但我离开故乡,到了城市,才发现只有我左胸上有块醒目红皮,而其他同学都没有。红皮极其丑陋,一撮黑毛,像个野人。另外,我的体味也与众不同。同学们嗤之以鼻,以为我有狐臭。但它绝对不是!它不是从我腋下散发出来的。我说不清楚这到底是为什么?却莫名地注定了我一生惨淡的命运。

我被冠以"红皮"的绰号。

我被孤立、被另类、被伤害……

我将自己严严实实地捂起来,在人群之外独自行走;挨过漫长的四年大学时光,终于卑微地告别宽阔而又狭隘的校园。到工作单位后,我保护得很好,再也没有人叫我"红皮",而我只是有一点点落单、一点点孤僻;但"岁月静好,现世安稳",我过着自己的生活。我平生第一次拿到工资,就去大医院诊治"红皮"。医生诊断,"红皮"乃色素沉淀,可以激光破碎,但过后又会沉淀再现。可以说它是顽疾,也可以说它不是病;做不做激光手术,你自己定。另外,体味与生俱来,或许与遗传基因有关,目前无法根治。

我咬咬牙,做了激光手术。

哇,"红皮"铲除了,长毛尽数脱落,皮肤光洁如婴。

尽管形同狐臭的体味依旧存在,但没有了"红皮",我就是城里人了;不错,那天我在集体寝室里脱光衣服,向全世界大声宣告,我是个标标准准的正常人。但是,好景不长,几个月后,胸口

相继出现红皮,状如太阳,黑毛凛然。我明显感觉到它们在长大,面积比破碎前更大,更醒目。我又上医院。医生都是当代诸葛亮,说了一大堆先见之明后,就把我打发了。我知道这在老家绝对不是病,也不是我硬要把它当成病,而是城里人不能兼容它。罢了,罢了,世上没有后悔药可买,我只能捂得更紧,藏得更深,小心翼翼地生活在别人的城市里。

　　如果不是单位组织的活动,如果不是她从黄山上下来扭伤了脚,如果不是我独自走在最后,也就不会与她有交集了。她瘫坐在陡峭的石阶上,天色将晚,同事们都下山了;她见我擦身而过,脸上挂下了清泪。我知道她是另一个世界的人,但是谁见了她楚楚可怜的样子,能忍心弃她于不顾吗?我背她下山,只求心安。到宾馆时,同事们已用过晚餐,正在谈论我们,说我们是一对儿;而我只谢天谢地,她没有察觉到我的体味。

　　事后,我越是躲着她,她就越是粘着我;多少次我想告诉她真相,却因为胆怯而放弃了。交往一年后,我们顺理成章地步入婚姻的殿堂。蜜月令人沉醉,但好梦不长久;突然有一天,她说我胸口的"太阳花"要难看有多难看,为什么我身上还有股难闻的气味?我说明缘由,她大发雷霆,责问我为何瞒她?"你好阴险呀,居然瞒了这么久。"她说。我也想做她那个世界的人,但是我做不到。婚姻就像花瓶,一旦出现裂纹,破碎是必然的结局。好合好散,她保守了秘密,令我感激不已;不管怎么说,她人品不赖。

　　前车之鉴,我再也不敢碰另一个世界的任何女人。

　　十年后,我意外地在城市里遇到一个来自故乡的女人。她和我一样,有红皮,有城里人不能容忍的体味;她也离异了,与另一个世界的城市男好合好散。一样出生,一样身世,我们一见如故,相见恨晚。记得初遇那天,我们从黄昏一直谈到天明,鬼知道有那么多话可谈,仿佛一生苦水,都在那一夜倒了出来。好,那就好;在陌生人的都市里,我们就是心心相印的异乡人,相互取暖。再婚比离弦的箭还神速,已经没有太多的要求,在一起就好。

总以为,我们就像童话的大结局,王子和公主从此过上幸福的生活。

但她打心底里憎恨红皮,憎恨体味,憎恨我们这样的人,包括我和她自己。世上最累的莫过于心累,南辕北辙的"三观",使得我们像两只刺猬关在一只笼子里,除了彼此伤害,还是伤害。她怎么就不明白呢?与生俱来的东西,是永远抹不去的;为什么我们就不能善待自己呢?勉勉强强生活了大半年,便是我们缘分的尽头,挥挥手,别后就是陌路人。

一晃数年,我也想过告别都市,回到故乡;但我回不去了,现如今就是故乡人也难以维持昔日的生活,更不要说我以故乡人的方式过那样的生活了。我总是觉得有一个人站在云上,揣摩世间,仅仅让一块不痛不痒的红皮,考验我失去自由、快乐和尊严之后,还能再失去什么?明知道结果,却无从选择。这就是我的人生。

阿 Q 和小 D

有天阿 Q 对王胡和小 D 们吹诩过自己"先前阔"之后,瘪塌塌地回到土谷祠,倒头就睡,可怎么也睡不着;尽管他许久不沾滴酒了(没那个钱),但这晚的脑子像不是他似的,飞速地转

着,转出许多发财的遐想来,感觉非常的美好。

　　这以后,穷极无聊的阿 Q,躺在土谷祠就想:要是我"在路上拾得一注钱",买福利彩票中了头奖……要是我"在自己的破屋里忽然寻到一注钱",买体育彩标中了大奖……日思夜想,日子久了,他就觉得自己已很妈妈的了,城里有上百万的奖金等着他花呢。于是阿 Q 就老实不客气地盘算着:多少万来置地造屋购买产业;多少万给我的女人(吴妈可惜脚太大,秀才老婆眼泡上有疤,赵司晨的妹子真丑,邹七嫂的女儿要过几年……)购买金银珠宝与时装;多少万给我挥霍,社戏夜的那几个骗子要赌得他们赤卵为止,再把小尼姑搞到手……夜里想到这一切,阿 Q 就整宿不睡觉,几乎想痴了。所以白天走出去,他永远是恍惚的,像走在梦里一般。小 D 觉得奇怪,就问他怎么回事?阿 Q 如实地告诉了他。小 D 笑道:钞票哪里想想就会有的,我看你还是打消这个念头吧。阿 Q 听了勃然大怒道:这是我思想的自由,你管不着! 小 D 怕他又跟自己顶牛,就"好好"地走开了。

　　过了些日子,阿 Q 的生活终于有了着落;原先被小 D 抢走的那几户主人家,又"请"他去打工了。听说小 D 进城去挣大钞票子,阿 Q 就想妈妈的,老子在城里都混不下去,他小 D 能混出个啥样来! 阿 Q 又去赵家打工了,他感到非常满意,日子也就这样不淡不咸地过着;白天打工混口饭吃,晚上盘算盘算那笔奖金的用途,这对于阿 Q 而言,已经是幸福人生了。再说小 D,包袱里仅有从赵家假洋鬼子家打工来的一点钱,满怀希望地大踏步走进县城去,还以为城里遍地是黄金,谁知东找工西找工,工没找到钱倒花了个精光;就在小 D 自叹要成冻死骨时,被一个斯文的老头收留了。

　　在老头那里,小 D 一把抓住了一个致富的机会。五六年之后,小 D 已经成了未庄数一数二的大款,他从人后面走到了人前面来。这腰里有几个钱,和人说话声音都高了,都不认识阿 Q 了。有一天阿 Q 去找小 D,发觉他家洋房前的那几棵高树,连麻雀都不敢碰那些树梢;但阿 Q 跟小 D 是什么关系,想当年……阿 Q 见了小 D 就套近乎,想在他的公司里找点钱花;小 D 说行啊,你每天一早来我家,跟我一起吃早茶,我就给你五百块工资。阿 Q 不敢相信自己的耳朵。小 D 说真的,每天一早见到你,听你说当年,我就不会忘记过去了。

永恒的魅力

在一个有着几千年文化的古国,文化被推崇到了极致的地步。

在这个国家,做什么事都讲文化,即使是拿把扫帚的环卫工人。有着大学本科文化程度的环卫工人,与只有大学专科文化程度、与只有高中文化程度、与只有小学文化程度的环卫工人,收入都是完全不同的。在这个国家,没有人质疑文化程度与扫大街有什么关系?谁都认为这是合情合理的事;因为文化的获得,在这个国家,是一件非常耗人力、物力和财力的难事。你想富裕,你想奔小康,你想人生成功,你想做人上人……人生的一切,在这个国家,都与文化挂上了钩;所以,追求文化是每个国民人生的唯一出路,便是全体国民所达成的共识。

出生在这个国家的孩子是幸福的。他们在娘胎里就开始接

受严格的胎教,紧接着是幼前、幼儿园、小学、初中、高中、大学等等一系列文化教育。这使他们的成长过程单纯而又快乐。他们只需要像婴儿躺在母亲的怀里吮吸母乳一样吸收文化就可以了,而几千年文化的母乳足够让他们成为全球最有文化的孩子。孩子是幸福的。但孩子的父母们就未必是幸福的,尤其是穷人,因为这是件非常耗人力、物力和财力的难事,父母们必须勒紧裤带、甚至卖血才有钱供孩子们读书。另外,你读了最多的书、获得最大化的文化,还必须得到社会的认可才行。换句话说,你得获得社会认可的文凭才行。

于是,公立学校扩招、野鸡学校、成人函授、远程、培训学校等等应运而生,教育成了暴利行业。于是,文凭的重要性尤为突出。国民对文化的推崇潜移默化成了对文凭的推崇。于是,对文化的追求成了对文凭的追求。富人有钱,只要肯花钱,而且他们也舍得花钱,就能通过各种途径获得更高的文凭;他们拥有高文凭后便能获得更高的收入,得到更大的回报,富人就变得更富。穷人花尽了几代人的积蓄,依旧难敌昂贵的学资,或半途而废,或趁早放弃学业,他们低下的文化程度,只能换来糊口的收入,甚至连基本生活都无法保障。所以,穷人在这个国家变得更穷。他们唯一的希望就把希望寄托在下一代身上。但,这往往是乌托邦的幻想。

这大概就是文化永恒的魅力。

有文凭就等于有文化。这是显而易见的。在这个国家,假文凭是不允许存在的。所有文凭都是正规的,由国家授权的教育机构颁发的。国民唯一要做的事,就是拼命地赚钱,穷人赚了钱,争取拥有国内最高学府的文凭;富人赚了钱,漂洋过海,争取拥有国外最高学府的文凭。为文凭而奋斗最终体现为为钱而奋斗。有了钱,就有了文凭;有了文凭,就有了文化;有了文化,就有了鲜花、掌声、钱和一切。"书中自有黄金屋,书中自有颜如玉。"这是这个国家几千年文化的结晶。

在这个国家,富人越来越富,穷人越来越穷。这恰恰证明了文化的重要性。因为富人是因为文化而更富的,穷人也是因为文化而更穷的。这是全部国民的共识。有着几千年文化熏陶的国民,无论富人和穷人,就这样和谐地生活在一起。他们拥有同一个梦想:穷人渴望拥有高文凭变成富人,富人渴望拥有更高文凭变得更富。渴望,让这个国家的国民每天都有奔头,每天都很有劲地生活着。

雄士节

为繁荣我市的文化经济,全面引入各种商机,由本市各类报刊联合开展"金点子"全民大讨论后,大家一致认为,我市最引以为豪的是,在三千多年前我市曾产生过两名雄士,名震四海;其光辉事迹散见于各种古籍书刊,多达十八种。所以大家一致认为我市应该举行"国际雄士节",可以两年也可以每年举办一届。这个"金点子"立即得到全社会的响应,几乎没有任何异议,就正式通过了。首届"国际雄士节"就定在今年的六月十八日举办,举办日期为十天,从六月十八日到六月二十七日。目标确定后,围绕这个目标的各项工作也随即展开了。

我作为我市的一名文化工作者,理应为探求和挖掘"雄士

节"的传统文化、中华美德和现代意义,贡献自己一点微薄的力量。所以,有段时间我整天泡在图书馆的古籍部,在各种可能对此有所记载的线装书中,寻找着雄士们的蛛丝马迹。功夫不负有心人,在泡了省、市、区和街道的图书馆之后,我终于对两位雄士有了比较全面的了解。一位雄士姓全,名豪,字不怕,我市人氏,家住菜市巷弄;他十年磨了一把剑,快得剔铁如泥,天天闻鸡起舞,因此而闻名于市,人人尊其为雄士。另一位雄士姓贾,名清,字大瞎,我市人氏,家住横河街鱼尾弄;他以贩柴为生,晚上劈柴,白天推着一车柴火,沿街叫卖:柴火!柴火!一天,有个恶霸在街上撒野,结果被贾大瞎使得那把笨斧头吓破了胆,落荒而逃。所以大家说起平日老实巴交的卖柴翁,无不跷起大拇指来。两位既然在我市都很有名,自然是你听说了我,我也听说了你;是雄士都有这个脾气,叫作惺惺惜惺惺,虽未谋面,但彼此早已敬仰得不得了。

  这天(据考证为公元前1005年6月18日)也是上苍作美,雄士全不怕和雄士贾大瞎无意之间在羊头巷的小街上相遇了,彼此都觉得面熟,好像在哪儿见过一般(原来是经常在心里念叨,才有这般似曾相识的感觉),经人介绍,两人相见恨晚,于是执手来到小巷深处的醉仙楼。贾大瞎把身上所有的卖柴银两掏了出来,沽了两坛绍兴老酒,你一坛我一坛,顿时豪饮起来。全不怕当时身无分文,一时豪情满怀,取了自己的快剑,便自刎其股,割下一块全精肉,献给贾兄佐酒。贾大瞎抓过朋友的股肉啖之,饮之,一边哈哈大笑,一边大吼:痛快!痛快!今日得全兄这一知己,死也足矣。随即,贾用自己劈柴的斧头,也劈了一块自己的股肉,送与全兄下酒。全不怕也与贾大瞎一般,大笑大吼,大碗地喝酒。就这样,两位雄士边啃对方的股肉,边畅饮着,谈笑风生,说介子推,说屈原,谁也不去理会伤口,结果双双因流血过多而死在醉仙楼上。我市善良的市民敬佩两人的大气,"痛"饮绍兴老酒时,视死如归,大有不求同日生但求同日死的侠义,对自己血流成河竟不皱一皱眉毛,所以一夜之间他们的事迹便传遍了大街小巷,雄士之名从此远扬四海。

　　但我在想,这件事在三千多年前的人们看来,果然令人敬佩,英雄得不得了;但从二十一世纪的人们看来,这就有待商榷了。因为时代变了,价值观念也变了,我们不把这两位古人视为一对宝货、两个蠢蛋,已经很不错了,还要大张旗鼓地给这么两个不讲饮食卫生、拿生命开玩笑的家伙,举办所谓的"国际雄士节",岂不是丢我市的脸吗？当然,这仅仅是我很个人的一点顾虑,但我还是给上面写了一封意见信。很快就有了回信,上面说我的顾虑是多余的,三千年前的事情到现在谁还说得清？更何况我所罗列的雄士事迹,仅仅是千万种传说中的一种罢了;他们已经找到了给我市人民脸上贴金的传说,所以请我放心,雄士节将如期举办,并希望全市市民以大局为重,为顺利举办"国际雄士节"而添砖加瓦。

为跌下而造的塔

　　大师在造塔前,还不是大师,而是无名之辈。
　　无名之辈的大师,人精瘦,肉体都喂了思想;当然那时候他也不是一点名声都没有,他的身后已经有一群信徒了,只不过他的名声止于他的信徒而已。大师并不为他的名声而苦恼，而为他的精髓的思想而苦恼。他要天下的人都知道他的哲学思想，接受他的信仰。

于是大师选择了造塔，造一座另类的塔。

大师造塔时，世界上已有大大小小的塔一百八十万余座，其中也不过像埃菲尔铁塔、比萨斜塔等数得清的几座为世人所知；所以大师造塔想名闻天下，简直就是白日做梦。大师的信徒们都明白是这么回事，但见大师那深不可测的目光，谁都不敢去捅破这层纸，只尽心尽力地追随大师，去造塔。

塔址选在一座白云生处无人迹的山中，既非高插云端的山巅，又非豁然开朗的山阳坡，而是几经曲折山穷水尽无路可走的山阴处，凡是有点脑子的人都不屑的地方。信徒们不敢说大师不长眼睛，他们不怀疑大师的智商；但这回他们觉得大师看走了眼。可大师是个脾气古怪、性格孤僻、做事固执、一条道走到黑的人；这也是大师的魅力所在。信徒们不敢有二话，追随大师造塔。

大师要造的塔果然与众不同，外圆内方，无门无窗；从夯实塔基的那天起，大师就身处塔心，一石一砖地造起塔来。大师的信徒只做材料的采取及运输工作，最后的建筑工作完全是大师一手落。因为人手有限，以及材料采取及运输的难度，造塔的进程非常缓慢。但功夫不负有心人，塔一点点地长高了。当塔长到大师一般高时，信徒们才发现大师身处无门无窗的塔心，再造上去，等塔造完了，大师怎么下来呢？大师笑道，我的这座塔叫"死关"，我并不打算再出去啊。信徒们说那怎么行呢？我们不造这座塔了。大师又笑，说要我出来也容易的。信徒们追问：什么办法？大师含笑摇头，说到时候你们不就知道了。

塔一点点地升高，大师的名在山外也一点点升高。

有信徒不断从山外涌来,加入造塔的队伍,大师的塔因此而快速高升。终于经过了三千六百五十余个日日夜夜,大师的塔造成了。塔顶上站着与云在一起的大师,人更精瘦了,但非常高大。塔底下一片乌鸦鸦的信徒,折着脖子仰着头,请求大师下来。大师说此塔名"死关",又名"为跌下而造的塔","来不入死关,去不出死关"。大师说完就像大鹏一般从塔尖上飞了下来,在塔前有点突出的石块上,轻轻地开出一朵鲜艳的花来。那块突出的石块因此而平整了。

从此,大师才成为大师,成为一代宗师。

山里有两个村子

有两个村子藏在深山老林中,数百年来过着与世隔绝的生活。

有一天,从山外来了很多人,他们先找到唐村,说山上的树都是钱,提了斧锯就要动手;村主任带人拦住他们,说树不能砍,砍光了树山还像山吗?于是,这帮人找到更深的钱村,钱村人听说一棵树能卖不少钱,就欣然同意。于是,这帮人把钱村的树全砍了,还偷砍了不少唐村的树。两个村子为此交恶,从此老死不相往来。但唐村人还是保住了不少树,四周的山倒还像个山。

不久,从山外又来了很多人,他们先找到唐村,说山溪里的小鱼都是钱,提了渔具就要动手;村主任带人拦住他们,说溪里的小鱼不能捕,捕光了小鱼溪还像溪吗?于是,这帮人找到更深

的钱村,钱村人听说小鱼能卖不少钱,就欣然同意,而且帮着山外人一起捕,把溪里的小鱼捕得干干净净。唐村人听说了,非常气愤,但钱村比唐村在更深的山里,住在山溪的上游;钱村人只是捕他们溪里的小鱼,唐村人也没有办法。但上游没有了小鱼,下游怎么来的小鱼呢?

钱村人经过砍树和捕鱼的两次洗礼,对钱有了充分认识。村中不乏经济头脑的人,他们与山外人联手,雇人采集山中的各种野菜野生岩耳野生菌野味儿……凡是深山老林里野生野长的玩意儿,到山外都成了抢手货。钱村人不但把自己村的山野采了精光,还把唐村的山野也采空了。采集野货,唐村人也不好说什么,那毕竟不是树。钱村很快就富起来,而唐村抱残守缺,日子穷归穷,倒也闲散,不像钱村人那样尔虞我诈和紧张忙乱,一点人情味儿都没有。

不久,从山外又来了很多人,他们先找到唐村,说山里发现了这矿那矿,只要让他们开采,他们扛来的大捆大捆钱就是村里的了。村主任带人拦住他们,说山里的矿不能开采,这山要是开采了,没有了山,他们还怎么生活呀?死了葬到哪儿去?于是,这帮人找到更深的钱村,钱村人见那大捆大捆的钱,二话不说,就把开采权交给了他们。于是,这帮人就在钱村开矿建厂,工厂造得到处都是。钱村人发了,纷纷走出大山,搬到山外的镇上,过上神仙般的幸福生活;他们遗留下来的民房,全租给了矿工,那也是一笔不小的收入。随着矿厂不断壮大,大山被蚕食,山溪被污染,就连唐村山中的矿石,也被黑心的矿主像老鼠钻洞那样偷偷地挖空了。

唐村人宁静的生活完全被打破了。

不久,唐村人染上了一种奇怪的疾病,一个个相继死去。唐村人坚信是那些山外人开矿触犯了山神,山神发怒了,给山里人带来了瘟疫。唐村人惶惶不可终日,在村主任的带领下,烧香拜佛,请法师做法场,祈求山神……但情况并没有好转,白色恐怖依旧笼罩着整个唐村。消息传到山外,有关部门对山里环境进行检测,发现唐村人因为常年饮用被污染的溪水和食物,呼吸被污染的空气,患有各种癌症,才造成这场"瘟疫"的。矿厂被政府勒令关闭。政府还在山外建了新农村,劝导唐村人搬迁到山外去居住。但唐村人不乐意,他们祖祖辈辈就住在大山里,先人的墓也全在大山里,他们要死守在大山里;死人的事还在继续发生,这家哭罢那家哭,村里人丁日益稀少,最后只剩下寥寥几个唐村人被送到山外,去的不是山外的新农村,而是肿瘤医院。

现在,大山里已经没有村子了。不,那两个村子还在,只是人空了,房塌了,一片荒芜了,据说那个唐村经常闹鬼,夜里一片凄惨哭声,成了一个鬼村。现在,大山里开辟了一条黄金旅游线,唐村和钱村是这条黄金旅游线的必经之路,当地导游将两个村子的故事说给大家听时,满车游客——这帮山外人——纷纷谴责钱村人,愚蠢啊愚蠢!继而又谴责唐村人,愚蠢啊愚蠢!但就是忘了谴责那帮山外人。包括那个当地导游。

绿色藤蔓

接到报警电话,是下午三点左右。

是从市报警中心转来的。半山上一所古屋坍塌,请我所派员前往。

老刘放下电话,我们就猜到是华厦。

我所就在半山脚下,但老刘坚持驱车前往。警车鸣笛声对民众有一定震慑力。警车拐上明园路就受阻,疯狂的车辆与民众,压根儿不把我们当回事。老刘、我、小张和小李,不得不弃车,徒步上山。老刘是个胖子,有小李一倍年纪,我们跑到半山公园门口,他已拉下一段路。他说:"别管我,快去。"我们笑他滑稽,他像英勇就义似的。

上山的游步道、建公园时遗弃的旧山路,以及公园的草坪上,但凡可以走人的地方,都是闻讯赶来的民众,拼命地抢在我们前面;这些人的劲头和毅力,倒是比我们这些执勤警察都高。而更多的民众,则从山上飞奔下来;他们无不抱着青砖或黛瓦,见到我们,慌忙避让,像做贼一样。

怎么回事?

那所古屋——华厦,就坐落在东峰半山腰的一个山坡上。当我们爬上坡沿时,我的妈呀!山坡上挤满了民众,乌鸦鸦的,谁有心思看热闹呀?他们钻入倒塌了依旧大树般高大的藤蔓里面,你抢我夺地挖着废墟堆里的砖瓦。有人争着同时挖到的砖瓦。有人抱起一摞砖瓦,又哗地掉了,俯身重捡。有人抱着砖瓦钻出来,匆匆地把砖瓦藏到哪儿去了,又冲回来……我们都傻眼了,什么情况?面对如此强势的哄抢,我们三根人,有半毛钱用?

我们根本挤不上去。

我们对视了一下,同时拔出枪来,举过头顶。

我问:"来一下?"

小张和小李点点头。

我朝天放了一枪。

接着是小张。

接着是小李。

"砰!"

"砰!"

"砰!"

连续三声枪响,终于将民众震住了。他们从废墟中直起身来,从绿荫中探出头来,齐刷刷地朝我们张望。他们扔下手中的东西。他们中间的很多人,压根儿就找不到我们,只有朝天张望。整个山坡上,空气凝固了。死一般寂静。但是,这一刻过去得太快。他们在心里盘算、衡量、判断,他们迅速做出决定,几乎同时又弯下贪婪的身躯,继续抢夺砖瓦。

我高声喊道:"这是文物!国家财产!……"

我的喊声,仿佛为他们鼓劲加油,他们更起劲了。

他们肯定是把我的话理解为:文物肯定值钱。国家财产是共有的。法不责众。等等。等等。

小张和小李问我怎么办?

老刘气喘吁吁地赶到了,他说还能怎么办?赶紧向区里增援呗。

这所华厦已经有四五千年历史了。但一座古屋能保存这么久,我深表怀疑。不过,有史书记载,昭明太子游历江南时,曾在这里读过书,编删过《文选》;昭明太子是南朝人,屈指数来,这座古屋起码有两千年的历史,那些秦砖汉瓦,岂不是文物?

此后历朝历代,都对它有所修缮,才得以保存至今。

但是,一百年前,经历多少风雨缥缈之后,千疮百孔的华厦,摇摇欲坠;许多考古专家、文物保护人员,对此束手无策。他们竟然寄希望于华厦四周攀岩而上的藤蔓,这些小小的藤蔓,每根藤条上长满了钉子般的触须和吸盘。他们聪明地认为,藤蔓旺盛的

生命力,藤蔓层出不穷的钉子,能够将这所松松垮垮、随时会坍塌的华厦,牢牢地钉住。藤蔓日夜疯长,它们爬满了华屋的四墙和屋顶;它们的触须扎入华厦的每一条缝隙,穿透墙体和顶瓦。它们从华厦中吸收营养,茁壮成长,老藤横虬;古老的华厦完全匍匐在它的淫威之下,名存实亡。

但绿色藤蔓的繁华景象,却迷惑了百年来的世人。

世人看不到僵而不倒的华厦,只看到蓬蓬勃勃的绿色藤蔓,如巨大的旗帜,高高耸立在半山上,成为一道美丽的风景线。

然后,有谁想到,就在今天,绿色藤蔓将华厦吸空了,压塌了。有多少秦砖汉瓦被碾成粉齑,即使幸存的断砖残瓦,也被哄抢。"这是我的!""我的!"有人争抢。有人背着衣服包裹的砖瓦奔跑。有人扛着一摞砖瓦还在抢挖,挖一块掉两块……而闻讯赶来的民众,源源不断地从山下涌上来。

情况紧急,老刘一次次向区里、市里呼救。

而增援队伍迟迟未到。

假如重拍《皇帝的新装》

我在电影学院导演系读书那会儿,著名大导演谢艺刚来讲课,给我们出了个题目:假如重拍《皇帝的新装》,让我们各抒己见,如何编剧?如何拍出新意来?于是,我们七嘴八舌地编开了,谢导演将我们新编的剧情一一记在黑板上,最终总结出十多种版本来。

现摘录如下：

原创版：愚蠢的国王被骗，赤身裸体地出现在国庆大典上，检阅三军，接见众大臣及首都民众；同样愚蠢的众大臣及首都民众，皆赞国王的新装，唯独一黄口小子惊叹，国王没有穿衣。

创新版：国王明知被骗，也明知自己没有穿衣，却生怕被人说成无知之徒，居然赤身裸体地出现在国庆大典上，检阅三军，接见众大臣及首都民众；众大臣及首都民众明知国王没有穿衣，却同样害怕被人说成无知之徒，皆赞国王的新装。唯独一黄口小子惊叹，国王没有穿衣。

宫廷版：国王与织衣师合谋，唱了一出"空衣计"。国王赤身裸体地出现在国庆大典上，检阅三军，接见众大臣及首都民众；有人赞美，有人沉默，唯独一黄口小子惊叹，国王没有穿衣。事后，国王将唱赞歌的大臣一律免职，将沉默不语的大臣提拔，并下旨指定黄口小子为国王的继承人。

时尚版：国王赤身裸体地出现在国庆大典上，检阅三军，接见众大臣及首都民众，众大臣及首都民众皆赞国王的新装；不少民众当场扒掉身上的衣服，穿上和国王同样的新装。呼啦之间，皇帝的新装风靡全国，人人以此为荣，个个赤身裸体地招摇过市。唯独一黄口小子以此为耻，不肯脱衣，结果被人按翻在地，一顿暴打，并扒光了衣服。

惊悚版：国王赤身裸体地出现在国庆大典上，检阅三军，接见众大臣及首都民众，众大臣及首都民众皆赞国王的新装；唯独一黄口小子惊叹，国王没有穿衣。随即，黄口小子被不明身份者追杀；不明身份者又被其他不明身份者追杀，情节离奇、惊险、恐怖，最终绝地逢生。

搞笑版：国王赤身裸体地出现在国庆大典上，检阅三军，接见众大臣及首都民众,众大臣及首都民众皆赞国王的新装;万民簇拥着国王,举行大规模游行,载歌载舞,举国欢庆。原来,这天是愚人节,国王别出心裁,与民同乐。

情色版:国王赤身裸体地出现在国庆大典上,检阅三军,接见众大臣及首都民众,众大臣及首都民众不但称赞国王的新装,更称赞国王的阳具,硕大无比,同样是国宝级的。更令观众惊叹的是,国王的阳具,见到众大臣就垂头丧气;见到三军就雄赳赳气昂昂;见到漂亮女人就直流口水……

体育版:国王赤身裸体地出现在国庆大典上,检阅三军,接见众大臣及首都民众,众大臣及首都民众皆赞国王的新装;此举被一些体育流氓所效仿,从此不论在球场、田径场还是在其他运动场上,只要是大型活动,总有一些体育流氓突然扒光衣服,蹿到场上裸奔。

科幻版:国王赤身裸体地出现在国庆大典上,检阅三军,接见众大臣及首都民众,众大臣及首都民众皆赞国王的新装;唯独一黄口小子惊叹,国王没有穿衣。正当人们惊慌不已,不知如何打破僵局时,国王的背上突然长出一对翅膀,在众目睽睽之下,缓缓地飞上天空。

科教版:国王赤身裸体地出现在国庆大典上,检阅三军,接见众大臣及首都民众,众大臣及首都民众皆赞国王的新装;正当这个时候,赤身裸体的国王被定格,一个男人的声音,开始仔细地讲解男性身体的各个器官的名称和功能。

……

谢导演将其归纳的版本一一列举之后,盛赞我们脑子灵活,能够推陈出新、举一反三,新编的版本都有创意;但是,他说:"我们回过头来看,原创版与我们新编的版本,无论在思想上,在艺术上,在寓意上,谁高谁下?相信大家一眼就鉴别出来,无须我再多说了。所以,在重拍名著的问题,是否尊重原著,就能看出一个导演的道德和良知。"

慷　慨

每年夏天,天上的云朵都举行比赛。

今年比赛的宗旨是:弘扬慷慨精神,创建和谐天堂。

从六月初到八月下旬,天上的云朵,经过了各地海选、全国初赛和复赛;五百多名选手,最后就剩下十名优胜者,逐鹿总决赛。

八月二十八日,午后,令人振奋的时刻来到了。

南天门外,热闹非凡。玉皇大帝、王母娘娘、嫦娥、托塔李天王和太白金星等大腕们,都出现在主席台上。而众神百仙挤满了观众席,他们窜来窜去,与其说是来观看比赛的,倒不如说是来串联的。废话不说。只见二郎神一声令下,天庭顿时雷鸣电闪,风婆雷公按照大赛组委会的要求呼风唤雨,给十位选手助阵的同时,夫妻俩也出尽了风头。比赛开始了。

第一轮比赛,做云:

选手在规定时间(半个时辰)内积雨,以积雨量大为优胜,前三名进入下一轮比赛。

选手们一个个赛过八仙过海,各显神通,纷纷从风婆雷公的手中,将雨水抢到手,她们你来我往、争先恐后,其竞争的场面紧

张而又刺激,看得大家群情激昂,喝彩声此起彼落;正当大家看得非常投入的时候,二郎神又一声令下,时间到!

第一轮比赛结果如下:

第一名:玉皇云;

第二名:王母云;

第三名:嫦娥云;

第四名:天王云;

……

第二场比赛,下雨:

选手在规定时间(也是半个时辰)内,在风婆雷公的帮助下,跑完整个规定地域(干旱的平原、饥饿的山川和汹涌的江海)之后,将自己的雨下到最能体现慷慨的地方。太乙真人刚讲解完第二场比赛的比赛规则,二郎神就又一声令下,比赛开始!只见三位选手犹如三支黑箭,嗖嗖嗖,射到了遥远的天际。

玉皇云按照大赛规定跑完目的地后,痛痛快快地将全部雨水,倾泻在无边无际的、波涛汹涌的大海上。大海里都是水,但她无所谓。

王母云第二个跑完规定距离,便迅速地来到饥饿的崇山峻岭上,将自己的雨水给了山岭。但山岭喝不了多少雨水,山洪就爆发了。结果山体滑坡,产生泥石流,冲垮了数百间农舍,淹没了近千亩良田,还有数十几人失踪。

嫦娥云最后一个跑完目的地,她毫不犹豫地回到干旱的大地上,让自己的每一滴雨水都成为甘霖,滋润着每一株干枯的庄稼,让一方田野免于了灾荒。

比赛结束,总决赛结果如下:

冠军:玉皇云、王母云、嫦娥云。

"及时雨"英雄事迹采写录

梁山泊好汉在其头领"及时雨"宋江的带领下,最终投奔了政府,举国上下呈现出一派安定团结的大好局面;而"及时雨"宋江因招安有功,不但官衔高至二品,还被树为全国人民学习的榜样,其英雄事迹各种媒体广为宣传。作为"及时雨"宋江的故里郓城县城,瞧着这股刮遍全国的"杭儿风",自然也不敢怠慢,立即派专人下乡采访"及时雨"的英雄事迹。这个专人就是笔者。郓城县县志办创作员,隶属于县文化馆。馆长李秃子,给我订了三大要求,这个材料要新、真和高。我就一路琢磨着"新真高"三字经,来到了距县城50余公里的宋家村。

想不到宋家村热闹非凡,当年"及时雨"接纳天下好汉的庄上馆里,住满了全国各地的记者。我住进去一打听,有关"及时雨"宋江既是个大孝子,又是仗义疏财的真英雄等英雄事迹,譬如江湖上有人来投奔,他不分高低,无有不纳;再譬如有人向他求钱物,他亦不推托,并时常散施棺材药饵。遵照馆长的指示材料要新,必须沉下心来,进行深度挖掘才行;好在笔者也是本土本乡,比不得远路记者,行色匆匆。于是我缠住宋江的弟弟宋清和宋江的父亲宋太公,硬磨软泡,但宋清一个劲地替他哥哥说好话,都是假大空的东西,倒是从老眼昏花、思维迟钝的宋太公嘴里,得知小时候的"及时雨"宋江是个顽皮的孩子,白天擦天擦地地玩耍,夜里经常尿床,很让老爷子生气。尽管其母亲早丧,但老

爷子没少揍他的屁股蛋。这个材料倒是罕见,而且即使别的记者听闻,也不会写进"及时雨"的英雄事迹报告中去的。所以,我觉得这个材料倒是符合馆长的"新"要求。

笔者明白如实话实说地写来,就不是英雄事迹,而是英雄劣迹了。所以我开动脑筋,熬了两个夜,终于将真实素材升华了。我是这样写的,说排行老四的宋清从小就尿床,偶尔有一夜不尿床,其母亲就给他糖果吃;而从小不尿床的哥哥宋江,却得不到母亲的宠爱,更不要说分到丝毫糖果了。嘴馋不已的宋江明白其中的奥秘之后,也时不时地尿起床来了。虽说最初得到的是母亲的责备,但不久也就得到了母亲的奖赏,叫宋江开心不已。我撰写这个材料,意在宣传"及时雨"宋江从小就是一个聪明的人。然后,稿子请馆长过目之后,馆长非常生气地批评我道,小许你是怎么搞的?"及时雨"到你笔下,怎么成了一个品味如此低下的人物,这不是太掉英雄人物的分了吗!

我谦虚地问道,那么馆长照您的意思,我该怎么写呢?馆长想也不想地说,小许你记住了,要写英雄人物,就连他两三岁时候的事迹,也具备英雄的气概。我听得糊里糊涂的,希望领导说得具体明确一点。馆长说,像"及时雨"宋江这样的英雄,小时候的尿床就不叫尿床了,你应该这样写,说"及时雨"三岁那年秋天,有群歹徒来宋家村打劫,临走时,有个歹徒良心大大地坏了,往庄上馆里扔了个大土雷,眼看着导火线嗤嗤地冒烟,顷刻间庄上馆和馆里一百余人将化为灰烬;但见三岁的宋江天不怕地不怕,从馆里走将出来,往燃烧的导火线撒了泡尿,将其浇灭了。他那泡尿真是厉害,竟保住了宋家村的财产和村人的生命。于是宋江"及时雨"的名声,便于一夜传遍了大江南北。这就是英雄人物宋江的雅号"及时雨"的来历。

听罢馆长的启迪,我便惊讶道,这不是一个小老外干的事吗,怎么可以替代宋江的尿床呢?馆长说,你管它呢?照我说的去做!馆长具有下我岗的实权,我不得不照"最高指示"重撰宋江的英雄事迹。这个稿子据说报到市文化局,很快就批下了,一字不动地写入这一期的县志中。但不知为什么,到了明朝,有个叫施耐庵的家伙,他撰写的小说《水浒》,居然不用我们县志中的那个材料。

奔　跑

那年夏天,我十五岁。那天吃过晚饭,我没有在门墙里乘凉,而是上街了。我从街的这边走过去,然后横穿街道,又从街的那边走过来。我走得很慢,因为怕出汗。但事实上,我没走多远就出汗了。出汗就出汗吧,在那个年代的夏天,人想不出汗是不可能的。我一边遛街,一边张东望西,因为贫乏的物质生活,让少年的精神无以寄托;我一边朝大街上张望,一边对自己说,我相信,在我的周围即将发生一些大事情。

我走过两条老街,沿着北京路继续遛街时,就有人朝东边的方向跑来。他的穿着不像是个运动员,没有穿运动服装,脚下还穿了双皮鞋,却不知为什么在奔跑?他满头大汗地跑过我身边时,还回头看了我一眼,我更不知道是什么意思了?我没有理会他,继续慢慢地走,怀着一颗闲心,这儿张张,那儿望望。因为我和他同方向前进,所以我又看到他奔跑的背影,像朵低低的乌云

飘向前方。接着是第二个人，从我身边奔跑而过；他跑到我跟前时，还大喝了一声，跑啊！好像在责令我和他一起跑。我也没有理会他。紧接着是第三个人和我擦肩而过，他倒是闷声不响地奔跑着，大概是想追上或赶过第二个人吧。

第四个奔跑者的出现，引起了我的警惕；我回头一望，不由得大叫了一声，啊呀，我的妈呀！北京路上，很多人都在朝着这个方向奔跑；而且，更多的人在源源不断地加入这支奔跑的队伍。这是怎么啦？他们的脚步整齐划一，朝着一个方向，奋勇奔跑；他们咚咚咚咚的脚步声，汇聚成一团，就像一把巨斧在敲击大地，我明显地感觉到了地面的颤动。行走在奔跑队伍的一侧，我原本慢条斯理的脚步却被打乱，双腿也不听我的使唤了，它们快步、小跑、大跑，最后融合在奔跑的队伍中，成为他们当中的一员。

最后，整条大街上的人们都奔跑了起来。

大家一起奔跑的感觉真好。真的，团结就是力量！我有了平常不曾有的力气，汗哗哗地流，非常痛快。早知如此，第一个人看我一眼的时候，我就应该跑起来了。我一边跑，一边还在想，一些大事情终于发生了，而且就发生在前面；要不，大家干吗拼命地往前跑呢？

跑在我右边的那个人，气咻咻地问我，老兄，跑啥呢？我不知道如何回答他，就气喘吁吁地反问他，那你跑啥呢？他摇摇头说，我就是不知道跑啥，才问你的。我说，我也是不知道他们为什么要跑才跑的，因为他们在跑，所以我就跟着他们跑，跑到最后不就知道了吗？对于我的回答，他基本上是满意的；但还是有些不甘心，于是我们一起向跑在我左边的人打听。左边的那个人很不耐烦道，问什么问？你跟着大家跑就对了！

我跑啊跑，跑过好几个路口之后，就觉得自己快不行了，四肢乏力,呼吸困难,喉咙口直冒火;这些就不去说它了,最令我难受的是,我的小肚子开始有点隐隐作痛,但随着奔跑却越来越痛了,好像里面塞了一只小钢磨在呼呼地磨豆腐似的。后来我就真的不行了。他们事后说我当时脸一阵阵地发白,最后大叫一声,就头一拐晕倒在街头了。他们把我送进了红会医院。医生当即就将我送进了手术室,开膛剖肚,切除了一截跑坏了的肚子。

过了一天多,我才苏醒过来。但我念念不忘的,还是奔跑的事情;这不仅仅是因为它害得我进了医院挨了刀,而是想知道那天傍晚人们到底为什么而奔跑?我询问父母,询问医生护士,询问所有我见到过的人,他们都不知道有这回事情。没有啊,你年轻轻的跑个啥呢?他们说,再说刚吃过饭,千万别做剧烈运动呵。

第四辑

枷锁的歌手

毒　誓

二十年前,徐家丝织厂在县城开设门市部,门市部由徐家独子徐长福的未婚妻韩豆豆一人掌管。韩豆豆从早忙到晚,别说没工夫跟徐长福谈个情什么的,就是有她也没精力谈,一天下来端只饭碗都手发抖,掉地上,碎了。徐母脸就肿。韩豆豆光落泪,不吭声。徐长福心疼她,知道她累坏了,就向母亲提议,给门市部招个营业员。徐母脸更肿了,埋怨道:"这家产将来还不都是她的,连这点苦都吃不起!"话虽这么说,但徐母还是从娘家的远亲里挑了个姑娘来,叫张宁;比韩豆豆小半岁,人长得漂亮,嘴也甜,韩姐与伯母时刻挂在嘴上;手脚更勤快,不光在门市部,到了徐家,也黏着徐母帮这帮那,让徐母喜欢得不得了。

有了张宁这个好帮手,韩豆豆终于有空闲可以和徐长福去看个电影,或回娘家看看父母什么的;韩豆豆对此过意不去,但张宁总是满心喜欢地对她说:"韩姐你忙你的,我没事。"确实,张宁挺能干的,韩豆豆不在,门市部的生意反而更好。徐母就当着韩豆豆和家人的面夸她:"怎么样?我有眼光吧?小宁就是能干!"

这天韩豆豆要回娘家,徐长福从家里取钱给她,给家人买点礼物。谁知韩豆豆从娘家回来,徐母就大呼小叫,骂她手脚不干净。徐长福再三声明钱是他拿的,是他给韩豆豆的。徐母非但不信,反而责备儿子:"你就这么护着她,将来有你的苦头吃。"韩豆豆见徐长福被骂,也不敢申辩,反而安慰徐长福:"你不要难过,我不会怪妈的。"

三个月后,门市部少了钱,而且数目不小;韩豆豆哪敢隐瞒,徐母一听就跳将起来,骂韩豆豆贼喊捉贼。"你污辱人!"韩豆豆十分委屈道:"钱不是我拿的。"而张宁就更委屈了,哭哭啼啼,说门市部就她和韩姐两人,不是韩姐拿的就是她拿的?徐母就问韩豆豆有什么证据?韩豆豆哑了。徐长福说:"我和豆豆青梅竹马,知道她的为人,她不会拿这个钱的。"徐母却说:"小宁是我从小看到大的,知根知底,她更不会拿这个钱!"事情折腾了一些日子,最后还是一笔糊涂账,不了了之。

但是不到半年,门市部又少钱了。

这回事情闹大了。徐母认定是韩豆豆偷的,骂她狗改不了吃屎,而且把旧事又翻了出来,说她可以原谅韩豆豆一次两次,但决不会原谅三次。徐母一向看不惯韩豆豆,首先她的名字就难听,韩豆豆,寒抖抖,哪像是徐家将来光大门户的少夫人;再说她体弱多病、做事抖抖索索的,成不了大事;要不是宝贝儿子爱得死去活来,当初她才不同意这门亲呢。徐母当机立断,不但把韩豆豆辞了,还退了婚。因为在她心里早已另选了儿媳妇。晴天霹雳!韩豆豆万念俱灰,只有以死证明自己的清白。她投了燕子河。但没有死成。最后被家人接了回去。再说张宁,当着韩豆豆和徐家人的面对天发誓,如果是她拿了钱,就让她断子绝孙!

韩豆豆走后,门市部便由张宁掌管,又叫她叔叔帮忙。生意兴隆,徐家的丝织厂越办越大。徐长福也在母亲的周旋下,娶张宁为妻。夫妻俩倒也恩恩爱爱,生活美满;美中不足的是,张宁婚后一直留不住孩子,每次怀上个把月就流了。夫妻俩跑了不少医院,吃了不少药;徐母到处烧香拜佛,家里供满了送子观音,但都没有用。婚后六七年,张宁就流产七八次,最后一次好不容易保

胎保到五个多月大,结果还是流了,大出血,又刮宫,医生明确告诉她和家人,她的子宫已薄如蝉翼,不能再怀孕了。这对事业蓬勃发展、拥有上亿资产的徐家来说,无疑是毁灭性的打击。徐母毫不留情地要儿子离婚,另找媳妇。但徐长福死活不肯。徐母使出女人的拿手绝活一哭二闹三上吊逼儿子;这回徐长福却铁了心,他不像那些为富不仁的老板,在人生的道路上他已经错过一次,不想再错第二次。徐母只有退让,让儿子去外面抱个私生子回来。当然,必须是徐家的种。徐长福权衡再三,只有先答应下来。

再说韩豆豆,她原本是徐长福未婚妻,在农村办了酒就等于结了婚,而且退婚前一直住在徐家,不但被人骂作二婚头,还背上小偷的恶名;韩豆豆心灰意冷,很多年都不问婚事,最后一狠心嫁到偏僻的穷村,过着异常清贫的日子。丈夫倒是十分疼爱她。但贫贱夫妻百事哀,第二年春天韩豆豆生下一个男婴,刚满月就得了顽症,没钱治病,夫妻俩跪在院长面前百般哀求也无济于事,医院是拿了钱也未必消灾的地方,更何况没钱;他们转而跪到院前的人行道上,向过路人磕头;但看热闹的不少,给钱的没有。这天徐长福去医院,一眼就认出韩豆豆。徐长福的律师朋友向夫妻俩声称有个老板愿意出钱给孩子看病,而且再给他们一笔不小的钱;但孩子必须让人领养,从此与他们断绝任何关系。夫妻俩见孩子有救,甘愿忍痛割爱;但韩豆豆拒绝了对方给的钱,她说:"我不卖儿子。"

一个月后,徐长福抱回家一个健康男婴。徐母只道是徐长福的亲生子,直呼阿弥陀佛,去给观音菩萨烧高香。张宁也视如己出,清醒有这个孩子才有她在徐家的明天。而徐长福更是把自己对韩豆豆的爱全部移植在孩子身上。

孝心痛

钱最孝是在五星宾馆送走港商后,突然心绞痛的。等他蜷曲的身体缩成一团,心绞痛却又突然消失了。就像一条疯狗突然蹿过大街不见了。手机响了。妻子告诉他,他爷爷过世了。"什么时候?""下午。"钱最孝噢了一声,傻呆呆地站了那里,半晌才明白过来怎么回事。

钱最孝连夜赶回麦村。

爷爷像一截长不大的老桑树,弯曲在床上;树根状的脸上布满苦难的皱褶,微启的嘴唇像一道刀口。他问爷爷走时说什么?母亲摇摇头。钱最孝从烟盒里抖出两支软中华香烟,一起含在嘴上,点旺后,抽出一支塞到爷爷嘴里。爷爷嘴上顿时轻烟缭绕,他没有走,躺着那儿抽烟呢。爷孙俩在屋子里默默地抽烟。母亲抹着泪,不安地望着儿子。

抽完烟,钱最孝问村上还有什么人吗?母亲摇摇,村里只要走得动远路的,都出去打工了;剩下的都是老弱病残小。钱最孝说没事,就开始打电话。他在屋里打,在屋外打,一直打到天亮;这才挤着眼屎对母亲说:"一切都安排妥了。我去躺一会儿。"他在床上又抽了一支烟,躺下去却始终迷迷糊糊的。

父亲死得早,母亲又有病,钱最孝是爷爷一手拉扯大的。家里吃了上顿没下顿,爷爷和母亲只有一件夜当棉被日当衣的褴褛衫,他却有两套衣裳,因为他要出门读书。村里的孩子早就不

读书了,唯有他天天书包里塞一只生地瓜,跑去镇上读书。他在学校里被人欺侮,在村里又遭人嘲笑。他本来就榆木脑袋,读不进书,就成天在外面鬼混,混成了小流氓。倔强的爷爷在派出所里像孙子似地给人长跪不起。当他得知自己读书所花的钱,是爷爷一次次卖血换来的;钱最孝开始发奋读书,最后考上大学,服装设计专业,他发誓要让爷爷和母亲穿上世上最漂亮最温暖的衣裳。

第二天,一支专业哭灵队从县城远道而来。哭灵队员都在县文工团呆过,在钱家院子里一拉开架势就震动了麦村。她们唱着哭,哭着唱,一会儿是《黛玉葬花》,一会儿是《宝玉哭灵》,听得全村老少如痴如醉。接着,厨师队也来了,不是一个,而是一群,除了桌凳,其他家伙包括七荤八素的原材料,载了满满一车。接着是红木棺材。那么大,那么亮,艳红艳红的,棺材两头描有金色龙虎图案,将麦村人的眼睛都拉直了。接着是剃头师傅,给爷爷理了发,刮了胡子,修了脸,白白净净的。钱最孝也剃了个光头。剃头师傅问他确信要剃光头吗?钱最孝红了眼,点点头。剃了光头的钱最孝走到哪儿都是最亮的。

中年十碗头。晚上十碗头。吃得久旱逢甘雨的全村老小无不痛哭流涕,都说钱老汉这世人做着了,有这么个大孝孙子。但钱最孝独自蹲在村道上,听着哭灵队咿咿呀呀的,不禁皱起眉头来。他是想借他们的眼泪和哭声,来表达失去爷爷的悲痛;但他怎么听,都觉得没有表达出来,他又一阵心绞痛。

钱最孝大学毕业后,在县城一家服装公司工作,很长一段时间都默默无闻,直到被董事长的千金青睐之后;但钱最孝越发痛苦了,他偷偷地回了趟老家,向爷爷吐露心声。爷爷将他一顿臭骂,上门女婿算什么,男子汉大丈夫以事业为重。于是,钱最孝就成了董事长的乘龙快婿,后来有了儿子,姓丁;后来又接了老丈人的班,成为服装公司的董事长。

但他总觉得对不住爷爷,对不住本家祖宗。

第三天,又一支专业哭灵队来到麦村。钱最孝让两支哭灵队摆开擂台对着哭,看着他们一把鼻涕一把眼泪哭天抢地的样子,哭了一天,又一天,他这才咧开厚厚的嘴唇,满意地付给他们双倍的酬劳。到了出丧这天,又来一支军乐队和抬棺队,在咿哩哇啦震天响的军乐声音,爷爷所睡的红木棺材从麦村出发,远远地走出去,到三里路外的米字乡镇上绕过一圈,又远远地走回来,最后埋在钱家屋后的麦地里。那儿砌起一座漂亮的砖瓦小屋,成了爷爷那边的家。

丧事结束后,钱最孝回县城检查身体,心脏没有问题;但那条像疯狗一样的心绞痛,却始终咬住他不放,冷不丁地就会来那么一下。爷爷"五七"那天,钱最孝带上那只纸板箱,一早就回麦村。家里做了一天佛事,直到傍晚才结束。爷爷生前所穿的衣服、使用过的物品,统统在路口烧给了他。钱最孝还从县城带来一车纸扎祭品,有汽车、洋房、美女等等,应有尽有,让爷爷在那边过上富人的生活。夜深人静时,钱最孝独自扛着纸板箱,举着一支蜡烛,来到爷爷坟前。他点了两支软中华香烟,一支倒立在爷爷的碑前;然后打开纸板箱,从箱子里取出一张树叶,点燃,烧在爷爷坟前;接着是第二张、张三张……

整整一箱树叶,是他小时候和爷爷坐在院子里,借着月光剪的。他们将树叶剪成自己向往的小衣裳,想象着穿上它的模样,就都笑了。那些年,爷孙俩捡回家各种各样的树叶,剪成各种各样的小衣裳;他们边剪边憧憬着未来,有穿不完的新衣裳。但是,直到爷爷过世,钱最孝也没有给爷爷设计过一套衣裳,他还是穿

着村里老人穿的普普通通的寿衣走的。

钱最孝烧着树叶小衣裳,烧着烧着,突然又一阵心绞痛,消失了十多年的眼泪顿时夺眶而出;他终于有了失去爷爷的悲痛,他没有动,静静地让眼泪和着悲痛疯狂地从他的体内喷涌而出……

你把爱情给了谁

初闻同事凤的婚变,谁都不肯相信;又闻便疑惑不解,同事凤与她丈夫一向情深谊重,有口皆碑的;再闻也就信了许多,因为有关同事凤的婚变缘由、事态发展及确凿的故事细节,尽管是零碎的、缺乏主线的,但已经够多了。其实这一切,只需因一下同事凤便是了,但她已于两年前提前内退了,大家以为出了这种事,她肯定会来找组织的,但不知何故一直未来。

她不来,大家反倒都惦记她的。很多知道她历史点滴的人,便以其个人化的叙述,丰富了我们对共事了多年、但不甚清楚的同事凤的了解。同事凤是上海人,支青到大庆,因为她的文弱和美貌,也因为她高中文化,让她没有深入到生产一线,而成了知青点里唯一一爿代销店的营业员。她就是在大庆结识丈夫的。或者说丈夫结识了更确切些,因为每天从她手上过的知青太多了,很长一段时间里,她压根儿不知道他是谁。他们在大庆风风雨雨了十多年,苦过了他们想锡不到的苦;但他们也得到他们想象不到的甜,他们的爱情,他们的甜蜜。终于丈夫招过杭州了,同事凤独自带着一岁大的儿子,又在大庆苦了一年多,终于如愿以偿地来到了杭州,而不是上海。在杭州他们从零开始,支撑一爿挡风遮雨的屋檐,建立一个虽然很小得很温暖的家,他们是幸福的,他们的生活一直走着上坡路。后来,儿子一点点大了,小学中学大学,最后在上海找到了发展的基地。这真是她所希望的,她的故乡在上海,人到中年之后她就常常在梦里回到上海,回到童年的上海。在她内退前,儿子已经事业有成,对象也找好了;她便倾囊而出,给儿子付了按揭房的第一笔重金。她这一生好像已经没什么可挑剔的了,她感到非常满足。她走的时候,笑着这样对我们说。

同事凤终于在大家的热盼中,来单位打个什么证明;她的出现,办公室里顿时人满为患。在同事们的热心关怀和强烈同情下,同事凤说明了事情的来龙去脉。去年秋天,有个陌生人打电话到她家里,告诉她她丈夫和他老婆的奸情。她死不相信。隔了段时间,是个夜晚,陌生人又来电话,让她立刻出来,要带她去看事实,让她相信。于是她就是去了,那个男人带她到据说是他老婆的朋友家。他们进去时,她丈夫和那个女人还在床上呢。后来,他就不断地忏悔,她在一个寒冷的冬天原谅了他。因为她有事进城,回来很晚了,而他就站在车站的风口等着她;这让她想起在大庆的无数日子和情景,让她有了一种挽回往昔的甜蜜的愿望。但到了今年的春天,他"旧病"复发了,而且又换了一个女人。这让她非常震惊。更让她震惊的是,他居然对她大打出手,还叫她不要管,也没资格管他。她是他老婆,她居然没资格管他?她万万没有想到,在大庆时丈夫暗中截留了十二封从上海来的信,那是她的初恋写给她的情书,是她唯一的精神支柱。收不到他的信,她以为他变心了,抛弃了她,绝望到了顶点;丈夫就是这时候趁

虚而入的。现在他居然指点着她的初恋在情书上所描绘的,指责她支青前就与上海小瘪三有染,已经不是处女了。当丈夫把这些隐藏了将近四十年的信甩到她脸上,当她细细读着这三十多年前就给读到的情书,她傻了,她看着自己的心一块块碎了,没有了。而令她更傻眼的是,撕破脸的丈夫还告诉她,他头一年回到杭州后就跟别的女人有染了,这些年来七八个已经是少算了。他无耻地跟她说,你知道我为什么这样做吗？你知道我为什么一直保存着信吗？我就是要报复!

别说是怀疑爱情,我连我的一生都怀疑。同事凤打完证明,离开单位时,最后说了这么一句话。不久,我们听说他们离了,是协议离婚。他们的家也卖了。她把什么都处理了,仅带了四季的服装回上海去了。听人说她说从此再也不踏进杭州半步了。

枷锁的歌手

任民出生在将军家庭。谁叫她是个女孩,而且还是个独生女,所以打她一出生就被当作男孩来抚养,因为她得担当起"子承父业"的重任。任民有天赋,嗓音特好,天生就是唱歌的料。其父任大江是个歌唱家——一个从文艺小兵靠唱歌把自己唱成将军的歌唱家,很不容易。任民从小就在父亲严厉的管教下,学习唱歌。本来,任民嗓音又好,又喜爱唱歌,而且小小年纪就识乐谱;但凡有外人的场合,父母都会让她"露一手",博得如潮的赞美声。小任民也乐此不疲。可是,望"子"成龙的父亲,不仅将她男性打扮,而且对她实施的魔鬼训练也到了极其残忍的地步:任民三岁就学钢琴,四岁加学小提琴,五岁加学舞蹈,六岁加学美声……总之,到了她八岁上学时,每天业余时间起码要上三四个"兴趣班",搞得她非但一点兴趣都没有,而且还苦不堪言;父亲任大江虽说是靠唱歌获得的将军头衔,但手劲却一点也不比武官差;每当她因为睡眠不足,昏昏沉沉,思想开小差时,任大江就一把掐住她的脖子,朝她大吼;吓得任民魂飞魄散,吊起嗓子尖叫。

任民将其父的手掌称之为"魔掌";她的童年和青少年,都是在"魔掌"中度过的。只要父亲的"魔掌"掐住她的脖子,瞌睡懵懂的她就彻底清醒,萎靡不振的她就精神抖擞,面无表情的她就神采飞扬……甚至于平常上不去的高音部也不在话下;久而久之,任民感觉到其父的"魔掌"始终掐在自己的脖子上。有时候任大江不在她身边,任民也自觉地履行起其父的职责来,用自己的双手狠狠地掐住自己的脖子,命令自己歌唱,用生命去歌唱。任大江自己就是这么做的,他也是这么教育她的:要想成为一名歌唱家,不管用什么手段,都要逼自己用生命去歌唱。唯有如此,才能成为真正的歌唱家。

任民不负"父"望,十六岁就出道,在歌坛崭露头角后,迅速蹿红大江南北。虽说有身为将军的歌唱家父亲为她开路铺道,但成功的关键还在于她得天独厚的天赋,和后天残酷的魔鬼训练;再加上她另类的男性打扮,身着银灰色竖领的中山装,却又在脖子上系条粉色的丝巾,简直迷死人了。不仅如此,任民在表演风格上也另辟蹊径,走出一条唯她独有的特色演唱路子来。给她伴舞的,要么是彪形大汉,满脸横肉,手提一块大砖,凶神恶煞地冲她而来,欲将她一砖拍死;要么是一群青面獠牙的鬼魂,挥舞着无情的利爪，向她扑去，仿佛要将她掐死在舞台上……总之，任民在令人耳目一新却又深感诡异的场景中，向歌迷们奉献出一首又一首令人叹为观止的歌曲。当彪形大汉或恶鬼们用力扯住她脖子上的丝巾，欲将她勒死在舞台上的那一刻，她用生命唱出了世上的最高音；把台下的歌迷感动得一塌糊涂，掌声雷动，泪如雨下，甚至有歌迷疯狂地冲上台去，找彪形大汉与恶鬼们拼命。歌迷们越是为之疯狂，任民就越是大红大紫。

往后的十年，任民势不可挡，直逼歌坛一姐的霸主地位；她红得发紫、紫得发黑。但就在她处于歌唱事业顶峰时期，却发生了意想不到的逆转，以往她巡演时每场必到的那个特别座位上空了，那个对任民来说不可替代的人物——她的父亲溘然去世。那双紧紧掐住她脖子的"魔掌"消失了。无论是她的歌迷、经纪人，还是主办方，都惊讶地发现，此后，任民在演唱中常常失误，她不但忘了歌词，而且发呆。没有人知晓个中的缘由，唯有任民自己清楚，当她的脖子被人狠狠地掐住时，她就拼命地想歌唱，而且条件反射般地用生命去歌唱；但她的脖子一旦获得自由，她就会茫然地东张西望，忘了歌唱。过去，有父亲的"魔掌"，以及舞伴们的施压，使她的歌唱事业如日中天；如今她父亲走了，舞伴们也因为表演风格的更新而改变，舒缓而又唯美的伴舞，令她不知所措。

经过一段时间的低迷期，任民"穷"则思变，偷偷地给自己定制了一条智能项圈，纯金，掩饰在粉色的丝巾下；小小的遥控器就掌握在她的手中，但凡到了演唱的高潮，她就暗暗地揿住遥控器，让脖子上的金项圈不断地收紧，再收紧；于是，她脖子上的"魔掌"又回来了，又狠狠地掐住她的脖子，掐得她的肺都要炸了；她的潜能就被激发出来，她的歌声一路飙升，直达其他歌手难以逾越的高度。那个神采飞扬的任民又回来了,那个霸气十足的任民又回来了,她无疑是当今歌坛的大姐大!就在歌迷们为之欢呼、为之疯狂的档儿,任民突然坠倒在舞台上,气绝身亡。而此时此刻,她那高昂的歌声依旧余音绕梁,令所有在场的观众深感悲痛。事后有报道称,任民酷爱歌唱事业,她不同寻常的激情来自于神秘的力量;她的歌唱太美了,就连最迟钝的感官也无法抗拒它。任民的歌唱,充分展示了我们民族固有的艺术特点:那就是用生命去歌唱。

加塞人生

何赛西刚要从娘胎里钻出来,也不知怎么搞的,娘胎突然调了个个儿,他的孪生兄弟何赛东抢先出世了;于是他就成了弟弟,何赛西;而那个加塞的兄弟,却成了哥哥,何赛东。何赛东个大,能哭,会吃;母亲喂奶时,总是先喂何赛东,等他喂饱了,才轮到何赛西。母亲给他们俩买衣裳,在服装店试穿的,永远是何赛东,因为他个大,只要他穿得上,何赛西就不成问题。兄弟俩从幼儿园到高中毕业,都一起上学;上同个班,坐同张课桌;但俩人共用的文具、字典等,却永远由何赛东保管,何赛东高兴给他用,不高兴就甭想。或许是孪生的缘故吧,兄弟俩常一起生病,万事都加塞的何赛东,在吃药打针上,倒是挺会"让贤"的,有药让何赛西先吃,有针让何赛西先打;何赛西暗暗咬紧牙关,最苦的药最疼的针他都不吭声,轮到何赛东则大哭大叫,大骂何赛西是个骗

子。

高考时,何赛西憋足劲儿,终于考上了重点大学,而何赛东只考了普通大学,他终于摆脱了将近二十年始终加塞的哥哥。到了大学里,何赛西如鱼得水,凭借他优异的学习成绩,和近二十年来被哥哥"欺压"所造就的良好性格,很快就得到了同学与校方的赞许,在海选学生会干部时脱颖而出;就在他即将当任学生会主席的一片呼声中,某副校长的公子哥儿横插一杠,当选了学生会主席,何赛西只有屈居副职。何赛西没有气馁,但大学四年,他再怎么努力,也只是个副职而已。走上社会,何赛西这才松了口气,凭借他在大学里的历练,很快就被提为副科长,前程阳光明媚。正当何赛西伸长脖子,期待着职位的三级跳时,他身后的同事们一个个地都上去了,有的提为科长,有的提为副处,唯独他依旧原地踏步,辛苦努力工作,全让溜须拍马奉承加塞了。

何赛西不免心灰意冷,好在有美女青睐。美女是新来的大学生,到单位也有年把了,一直关注着他,但何赛西却是最近才发现的,她身材苗条、靓丽白皙、活泼开朗,是不错的对象人选;何赛西官场失意,情场得意,与美女正式交往不久,感情蹭蹭升级。这女人最是漂亮,也是需要有男人来陪衬;何赛西携美女进进出出,倒使美女在单位直线升热;忽然有一天,美女告别何赛西,投入年轻副总的怀里。何赛西哪里是加塞副总的对手,只无奈傻愣愣地当了几个月男花瓶。何赛西也是个伤不起的男人,想副总不就是有房有车有钱嘛?套房太贵,他一时买不起,但车子总可以吧,宝马开不起,宝骏总可以吧。何赛西就买了辆宝骏,心烦时就开上高速公路撒撒气;谁知这人背时,喝凉水都塞牙,在高速公路收费站前,就有一辆保时捷加塞;出了收费站,何赛西一咬牙,奋起直追,非要赶超保时捷不可。谁知这一飙车差点要了何赛西的命,他的车子从高速公路上飞了起来;恐惧战胜了赌气,何赛西冷静下来,已吓出几身冷汗。

何赛西渐渐懂了中国式加塞,排队购物有熟人加塞,驾车行驶有好车加塞,谈情说爱有大款加塞,加薪升职有拍马加塞……放眼神州大地,加塞无处不在。何赛西不善加塞,就永远落在后面;落后是要挨打的,扛得起"吃亏是福"最好,不然就退出竞赛。何赛西做了件他一生最明智的傻事,他辞职不干了。何赛西在一片匪夷所思的目光中,在街头租了个小门面,开了家电脑维修店,兼做淘宝生意。他在大学里读的就是电脑专业,对电子产品尤为精通,电脑维修和淘宝生意还算马马虎虎;从此"躲进小楼成一统",自己给自己打工,自己当自己的老板,虽然不能说当下社会的一切加塞都让他"拍死"了,但至少那些特闹心的加塞没有了。

这天,何赛西正在店里忙碌,突然飘进来一位长发美女,媚眼如丝,一脸惊喜道:"我找你找得好苦呵?"何赛西一愣,问道:"我们熟吗?"美女说:"不熟。但我知道你,何赛西。"何赛西顿时一愣,问:"你怎么知道我的名字?"美女笑道:"我曾经是你哥的女朋友,经常听你哥提起你,就不知不觉喜欢上你了。"何赛西问:"为什么?"美女道:"你哥说得越多,我就越憎恶他,就越喜欢你。终于有一天我离开了他,一直在找你……"

二代奶

"你,这个是真的吗?"

我刚落座,他就肆无忌惮地盯住我丰满的胸脯,竟敢这么问初次见面的女孩。

他还用夹着香烟的食指和中指轻佻地指指我的乳房。

他眯着眼,歪着头,一脸坏兮兮的神情;微歪的嘴角边徐徐地冒出一缕轻烟来,像个二流子。

他就是个二流子!

"有区别吗?"

"我倒是无所谓。"他说,"但我得为我将来的儿子考虑,我希望他喝母乳长大。"

他说:"这世上还有放心奶吗?我听说,就连母乳也靠不住了!"

"傻二代还没有私生子呀?"

我管他是官二代、富二代还是星二代……总之,他就是个傻二代!

"有呀。但家里只承认公生子。"

在这个"姿色就是办量"的年代,我自信能找到一个好归宿;但像他这样的傻二代,绝对不是我的菜。我屁股还没有坐稳呢,我起身,将大衣从椅子背上收起,搭在手臂上;我拎起坤包,准备开路。来见这种货色简直是浪费时间,而浪费时间,无疑是对自己谋财害命。

他跷着二郎腿,一脸坏笑地看我离去。

他说:"有点意思。"

"怎么又是你?"

我就想吗,谁吃饱了撑的,竟在同家酒店同个包厢相亲呢?原来是你在捣鬼呀。

我转身欲走。

"你走可以。"他温馨提示,"除非你这辈子不相亲。要不然,下次、下下次、下下下次……你见到的,是我,是我,还是我……"他说着就得意地唱了起来。

"不要恶搞姐,姐让你累吐血。"

"欢迎欢迎,热烈欢迎。"

行呀!想玩吗?姐就陪你玩玩。

我脱下大衣,套在椅子背上,将坤包挂在椅子上,我落座,女汉子似地捋起双袖,两条胳膊架在圆桌上;我无不揶揄道:"这么说,对姐有点意思?"

他点上烟,又是一副二流子相;还嘴硬:"我只是对女博士后有点好奇。"

"惭愧!让你无知了吧?"

我继续发扬上次风格:"不过,像你这种傻二代,认识钱就够了。"

"呵呵,就怕连钱都认不全!"

我又补了一句,笑微微地盯着那张小白脸。

"除了读书,"他反击道,"还会什么?"

"会唱歌吗?"

"不会。"

"会跳舞吗?"

"不会。"

"会打高尔夫球吗?"

"不会。"

……

我打定主意,他说什么我都说不会。

他笑了。他说:"那你会什么呀?"

我说:"睡觉。"

他说行呀,"那我们直接开房吧。"

"臭流氓!"我骂道,"就会这点?"

"臭吗?"他撑开双臂,故意扭头闻闻自己两边的胳肢窝。

这顿饭就精致了,才八只菜,都浅浅的,但只只像玉雕一般,精美得让人不敢下筷。

一瓶法国波尔多原装葡萄酒,20世纪产的。

这顿饭,竟花了上万元。

饭后,我们去湖畔居听苏州评弹,两杯明前狮峰龙井茶,入口生津,齿唇留香。在吴言软语的艺术氛围中,品茗真是莫大享受。

我们看话剧。

……

我承认有钱真好,我也承认他不是个草包,至少没那么俗不可耐;但这并不表示我要喜欢他,我要嫁给他。我这个人吃人家的决不嘴短,花人家的决不手软,尽管我不会打高尔夫球,但我歌唱得比他好,舞跳得比他赞;我深谙文学与哲学,我在大学里讲课,听者如潮,素有美女博士的美誉。

他开着法拉利来学校接我,我不坐。

他请我去西湖国宾馆吃饭,我不去,我下奎元馆吃面。

但凡高级的地方,我都不去。但我们去听歌剧,看演唱会,甚至去浙江人文大讲堂听课。

他服了。他不得不服,尽管他身边美女如云,但像我这样的,据他所说,一个也没有。

一年后,我们步入婚姻殿堂,我们在教堂举行的婚礼,虽然我不信教,但我喜欢宗教的婚礼仪式。

我嫁入豪门。

我生下一子。

我的妈呀,生下儿子的第二天,我的乳房变成了巨乳,发红,流血水,时而还夹杂着黄色的浓液。我感到从没有过的恐惧,我怕我的奶水里也会有注射的液体,我不敢给孩子喂奶,看着其他产妇给孩子喂奶,我泪如雨下。

好好女士

单位里新来了位女同事,我们也不清楚她是怎么来的?都四十好几的人了;来了就来了,反正又不争我们的食,谁叫她有背景呢?凡事我们都绕过她,敬而远之为上策;但总有绕不过去的时候,不得不与她共事时,小心为妙。谁知一接触,发现她为人处事都低调,圆圆的脸,有些发福的身材,四平八稳的服装;对谁都笑微微的,目光暖暖的,还有些傻气。怎么说呢?你跟她商量个事儿,或者叫她做个事儿,她没有回绝的时候,总是对你说:"好的,

好的。"

渐渐地,大家都熟了。

当然,熟的程度也就是在单位彼此相处做事的那种熟。尽管她对谁对什么事都说"好的。"但除此之外,从不多言;至于她是怎么来我们单位的,或者说她有什么背景,却三缄其口。我们也就不得而知。管它呢?大家都是在单位混口饭吃,搞得那么累干什么?吃不吃力?所以,我们与她也就熟到这种程度,和谐就行。

同事老杨,是个好管闲事的主儿,凭着自己老资格,洪局长也要让他三分;有事没事,他就喜欢去头儿办公室串门,所以小道消息特丰富,混充是路路通。据老杨爆料,女同事既不是从洪局长那路上来的,也不是从三个副局长道上来的;这就让老杨寝食难安,单位里居然还有他不知道的事儿。有段时间老杨天天泡在女同事那儿,但依旧套不出半点货色来;气得老杨在背后大骂,还刻意给她取了个绰号,并当面叫她"好好女士"。

过了没多久,绰号就传开了。

女同事似乎还挺受用的,谁叫她"好好女士",她都笑微微地回答:"好的,好的。"这什么人吗?傻不傻?接着有小道消息说,女同事并无什么背景,是对调过来的,也不知真假;大家去问老杨,老杨竟然也不知。于是,大家就放心多了,谁都敢对她发号施令,做这做那;谁都敢编排她,笑话她这个那个;反正"好好女士"没气没屁的,你对她说什么,她都是"好的,好的。"

于是,单位里所有的吃力不讨好、损己利人、吃亏就是吃亏的"好事儿"都落在她头上。

洪局长看不下去,他训斥我们之外,就对女同事说:"你就不能说个'不'吗?"

女同事笑微微地答道:"好的,好的。"

洪局长恨铁不成钢,三番五次力挺之后,她依旧口口声声"好的",也就听之任之。

有一次局里搞活动,酒足饭饱之后,大家簇拥着洪局长去K歌;大家叫女同事点唱,她就"好的好的",张嘴就鬼哭狼嚎;大家叫她跳舞,她就"好的好的",跳得跟赶路似的,尽踩人家的脚;大家叫她喝酒,她就"好的好的",拿起啤酒瓶来吹,结果吹呛了,喷了人家一身酒……大家就不信了,今天非要逼她说出一个"不"字来。脑瓜子特灵的老杨,伏在洪局长耳边,嘀咕了几句,喝得醉五醉六的洪局长突然放大眼睛,射出奇异的光芒来。

老杨叫大家安静,并将女同事叫到洪局长跟前。

洪局长挥了挥大手,对女同事说:"你把外套脱了吧。"

女同事笑微微地答道:"好的,好的。"

大家一愣,紧张地注视着女同事。

女同事刚要脱外套,洪局长又大手一挥道:"你把内衣也脱了吧。"

这回轮到女同事一愣,她看了看洪局长认真的脸,又笑微微地答道:"好的,好的。"

这什么人吗?傻不傻?连这都敢说"好的,好的",难道说一个"不"字有那么难吗?

谁也没有想到,女同事还真的开始脱了。

我们没有笑,这回我们都紧张地注视着洪局长;洪局长也酒醒了一半,连声对女同事说:"别,别……开个玩笑,开个玩笑……"但女同事似乎啥也没听见,她既没有说"好的",也没有说"不";而是专心致志地脱着她的衣裳。

老杨第一次逃离了包厢,接着我们大家,最后是洪局长。

包厢里就剩下了脱衣裳的女同事。

老人石寒鸦

华下村有个老人,叫石寒鸦,今年六十三岁,自从五年前老伴白楝花去世后,就一个人居住在老家,整天傻呆呆的,碰到村人也不说话,常常手扶着家门前的篱笆墙,用一种深幽幽的目光长时间地凝视着远方,直到被晚风吹湿了老眼。老人膝下有两个孩子,大女儿石景花,现住在县城;二儿子石景山,现住在华中镇;姐弟俩都是华下村里顶顶有出息的孩子,靠自己从农村走向城镇,而且对父母也特别孝顺,母亲去世后几次三番劝父亲跟自己住,但老人石寒鸦舍不得自己养的鸡鸭,还是邻居家的那条老黄狗。老黄天天过来几次看看他,他也总要和它说一说内心的寂寞和孤独。但狗毕竟是狗,鸡鸭毕竟是鸡鸭,语言不同,心情也无法理解,整天不见人影的石寒鸦总是感到异常的枯寂和孤独。这天他终于下定决心离开村庄,去儿子那儿住。他之所以上儿子那儿,是因为华中镇离村庄比较近,又是他所熟悉的小镇,人也比村子里多,应该可以消除他内心的枯寂和孤独,而且有事回一趟村庄也方便。

老人石寒鸦挑着家中的全体鸡鸭来到了华中镇,这让儿子石景山高兴得不得了,连忙让媳妇整理出一个房间来,把老人的生活起居安排稳稳妥妥的,还时常偷偷地塞钱给他,让他多出去逛逛,想买点什么就买点什么。初来乍到,老人石寒鸦那个高兴呀,小镇上的人比村庄多多了,热闹多了,也有看头多了,头几天他几乎天天在街上逛,看看这个,尝尝那个,太有意思了,哪天回村庄去,简直可以吹上三天三夜。但是好景不长,小镇毕竟是小镇,才东西一条街,从这头走到那头也就十分钟时间,这还是往慢里走呢,若是照他的急性子三分钟就走完了。老人逛过三天大街,第四天就不想出门了,街上人是不少,但这和他有什么关系?所以从第四天起,老人就希望自己能融入儿子家的生活中,比如让他去菜场买买菜,上幼儿园接接小孙子,晚上陪小孙子玩玩什么的;对此儿子和儿媳妇倒是没说什么,可问题是他去买菜老被骗,接小孙子差点走失了,小孙子喜欢玩的游戏机和睡前必讲的故事他又一窍不通……屡屡败北之后,老人放弃了,因为连他自己都瞧不起自己,深知自己根本不懂儿子家的小镇生活。从这以后,老人再到街上,瞧着熙熙攘攘的行人,陌生而又匆忙的人流擦身而过时,他感到自己比在村庄时还要枯寂,还要孤独;本来就瘦的老人,竟越发的枯瘦了。

儿子石景山瞧着老爸日益憔悴的神色,连忙和姐姐石景花商量,石景花没有二话,连忙力邀老父亲去县城和她一起住,因为县城既大又热闹,好玩的地方也多,还有一个老人公园,很多老人在那儿打太极拳,健身,搓麻将,打牌,他去了一定会快乐的,绝不会感到寂寞和孤独。老人石寒鸦也有此意,就快快活活地让女儿接去了。开始,女儿带他到百货商场,给他买新衣,把他打扮得像过年似的;又带他上联华超市,买各种好吃的;每逢双休日,就带他上这个公园那个剧院的,还特地陪老人看了一场越剧呢。但一家有一家的经,老人的外孙女今年读初三,正全力以赴准备"中考"呢,天天夜里去家教的老师那儿上课,来去得由父母接送。所以女儿女婿尽过一点孝心之后,就把全部精力投入到对女儿的教育与培养上去了。这是对的,也是好的,老人石寒鸦瞧着也很高兴；但结果是他成天就一个人，因为不会使用煤气灶，女儿就每天给他十元钱，叫他自己在外面去吃。另外，因为城里人家的门锁既多又复杂，这道门那道这种锁那锁的，他实在弄不清也不会弄，所以他习惯女儿们一清早出门上班时也跟着出门去，在外面逛到傍晚他们回家时他才敢回去。大县城热闹是热闹的，别说白天，就是夜里也灯光明亮，车声人声嘈杂，他根本睡不好觉。最可怕的是，路上的汽车太多了，一辆辆快得就像打冲锋似的，他一出门就双腿发软，听到身前身后的紧急刹车声常常惊出一身冷汗来，天天夜里做噩梦。另外，他虽然天天去那个偏远的老年公园，但那儿的老头讲的一口鸟语，他一句也听不懂，还被人家讥笑自己是乡巴佬，根本无法跟他们在一起。热闹是他们的，快乐也是他们的；老人石寒鸦总是一个人孤零零地坐在假山边的石凳子上，一整天一整天地呆望着假山前的那个小湖上，几对鸳鸯鸟在湖面上嬉闹、玩耍，谈情说爱，把老人石寒鸦看得心都酸了。

原来以为热热闹闹的大县城，他总不会再寂寞和孤独了吧，但是身处这拥挤的人群中，耳边不绝的车声人声歌声，反而让他比在小镇时更加寂寞更加孤独了，甚至寂寞和孤独到了无以复加的地步。在村里时，他以为自己是生活在冰冷的石头间的寒鸦鸟，但此时此刻，他多么想念老家那片天高地远的田野，自己养过的那些家禽，以及邻家那条老得快走不动的老黄狗了。想着想着，几粒热热辣辣的老泪竟滚出了他的眼眶，他忽然觉得人的孤独其实和人的密度是成正比的，人越多的地方人越是孤独；比起城里人来，鸡鸭和猫狗都比他们亲近。于是，他向女儿表白了心迹，第二天天刚蒙蒙亮就匆匆地趁长途汽车回乡下了。回到华下村，老人养了几只鸡几只鸭，还特地从邻村一户养了小狗的人家抱来了一条小狗。可是……可是没两天,就有消息说华下村也要农村城镇化了,上面要让他们人人都过上城里人的生活。老人石寒鸦急了,怕一刀切,逢人就大讲特讲自己这一段幸福而又痛苦的经历。

混账手机

一天下午,我的手机上呼地进来一个短信,向我"出售枪支弹药,最新台湾版假钞,九成新黑车,迷药、窃听器、跟踪设备,高利贷款,千王赌具及各种上网文凭、证件。"惹得我哈哈大笑,想自己虽然"廉颇老矣",但尚能明辨是非。为删除垃圾短信,我进入文字信息区,将陈年的堆积如山的短信一一清扫;后又随意翻阅起自己的通信地址簿来,一条条地往下读,忽然思绪万千,感悟甚多。

谁都知道,每一个符号都对应着一个不同的人,人在手机上只是一个序号,一串阿拉伯数字,从"0001"到"0130",这样依次念下去,都是和我有关联的人;要不然,我不会把和他们的通信地址储存在手机上。0001是我的妻子,善良而又黄脸,同床共眠数十载,却做着不同的梦。0002是我的情人,妩媚而又精灵,常常有古怪的举动,让人哭笑不得。0003是我情人的丈夫,一个视我为知己的人,我们经常一起喝茶聊天,他使我感到人心的险恶,和自我的坠落;以及对妻子的怀疑,会不会我的某个朋友,也是妻子的情人?0004是我的父母亲,他们说老就老了,满头白发,却依

旧为生计奔波着,苦了一辈子,也苦中作乐了一辈子。0005是我姐,姐姐大我六岁,我小时候就是姐姐背大的,我至今还保留着姐姐后背的温暖。0006是我哥,哥哥很聪明也很能干,但自从有了嫂子之后,兄弟间的情谊就荡然无存了。0007是我舅佬,一个憨厚而又老实的农民,辛辛苦苦了一辈子,希望把儿子培养成才,谁知儿子不成器,便在他四十九那年抑郁而逝……0050是朋友刘,一个在我困难时候全心帮助过我的人,他心比天高,命比纸薄,十多年前出门做生意,大亏,因为满身债务而销声匿迹了(包括向我借的一千元钱)。0051是朋友申,曾经帮我造过房子,但因为以权谋私,不久东窗事发,他灰溜溜地离开了单位;很多时候,我常常想到他,不知他现在还好吗?0052是朋友张,当他还在基层干苦活时,他许老师长许老师短的,后来经我推荐他得以高升,我就成了老许,现在见到我则直呼其名仙。0053是同学高,当年她在人生中遇到曲折时,我去她单位探望过她,区区小事她却记在心上,如今二十多年过去,她仍逢年过节寄个贺卡送盆花,叫人感动……0100是仇人权,权原本是我的朋友,但人一有点权脸就阔,话不投机,他就设计陷害人,他是那种面上瞧着光彩夺目,而暗地里卑鄙无耻的小人,所以人称"猪大肠"。0101是仇人钱,老钱是条狗,对权贵们点头哈腰舔屁股,对普通人就汪汪直叫,暗地里乱咬人;凡是权贵的亲信,都是他爹,凡是权贵们冷落的,都是他的仇家。0102是债主王,因为买房子,我借了他几块钱,他就盯牢老包车一样,一天往我家跑两趟,直到还了他钱。0103是债主于,最初接触时他热情无比,喜欢给你做这样做那样,一旦你视他为朋友后;他就反过来要求你给他做这样做那样,如果你稍有不慎,或帮不了忙的,他就到处骂你不够朋友……不看不知道,一看吓一跳。我居然把妻子和情人、和情人的丈夫混在一起；把亲人、朋友、同学和仇人、债主混在一起；把伤害过我的人与我伤害过的人混在一起；把高尚的和卑鄙的混在一起；把我赞美的和我诅咒的混在一起；把活着的人和逝世多年的人混在一起。当我默念着死者的名字时，突然感到不寒而栗，因为我想到在许多别人的手机上，肯定也和我一样，把我的名字和死者混在一起，和仇人混在一起，和无耻小人混在一起……为此，我对这混账手机深恶痛绝，突然像发了疯似的，把通信地址簿上的所有号码全删了。

从这以后，我就告别了已相守数年的手机。

每个人的锁

这天运来一批宝贝，一批金贵得比黄金还要金贵的宝贝。大家那个兴奋劲儿就甭提了，连平常从不和我们同甘共苦的头儿，也甘愿和我们一起流臭汗，还连声道："流汗好呀，痛快！"确实，这搬运宝贝的活儿不但痛快，而且有种无形价值；似乎通过和宝贝的接触，大大地提高了我们的劳动价值，让我们深切地感受到劳动光荣。我们浑身是劲，挥汗如雨，发疯似的干活，居然在两三个小时的时间里把一整天的活儿都干完了。等到所有宝贝如数地搬入仓库、妥善安置后，我们一个个筋疲力尽，瘫倒在地上，气喘如牛，像一群残喘的落水狗。我们总共四个人，一个头儿，三个搬运工；四个人就这样东倒西歪地你看看我，我看看你，最后一齐盯着这批小心轻放、堆桩整齐的宝贝。

时间一分一秒地过去，缓过劲来的我们，依旧磨蹭在仓库里，大眼瞪小眼；尽管我们一句话都不说——每个人都紧闭双唇，有的甚至为了不让那句话溜出嘴角，嘴唇都咬出血来——，但那句话在我们见到这批宝贝时，就已经在我们心头产生了；它在每个人的心头蹦蹦跳跳的，拼命地要从我们的嘴里冲出来。但我们谁都不说，尽管我们谁都心知肚明。

那句话就是：这批宝贝存放在仓库里是危险的，要不了几天就会被人盗走的。

因为仓库只有一把普通的锁。

这把锁的钥匙就拴在头儿的裤腰带上。过了好久，头儿在斟酌再三之后终于直起身来，吩咐其他两人守着宝贝，他和我一起去浦江梅花锁业集团有限公司的门市部，因为他们制造的锁是一流的，被中国五金制品协会授予"中国十大锁王"的称号；到了门市部，头儿一口气买了四把完全不同的锁，有中厚型铜锁、矩形铜锁、菱形铜锁和方形密码铜锁。我们返回仓库后，头儿把锁分给每个人，自己率先锁上第一把锁。接着是我锁上了我的锁。大家瞧着头儿的锁和我的锁缠绕在一起。头儿说："如果说过去只有一个安全的话，那么，现在就有了双倍的安全。"接着是其他两名搬运工锁上了自己的锁。仓库的安全系数一倍倍地增加，四把锁紧紧地缠绕在一起；仓库大门上有了四把锁，就有了四倍的安全。每把锁只有一把钥匙，每把钥匙都牢牢地掌握在每个人的手中。照头儿的话说，仓库从此就是我们每个人的仓库。从现在起，必须四个人同时在场才能将仓库打开。我们这才放心地离去。

第二天我们就发现仓库大门上的锁有被人撬过的痕迹。所幸的是，四把锁完好无缺，在梅花锁面前，小偷强盗也只能望而却步。我们赶紧开门,看到宝贝一件不少,这才有心思干活。说实话,自从有了这批宝贝,我们一直过着提心吊胆的日子;俗话说不怕贼偷、就怕贼惦记,几天后的一个月黑风高的夜晚,这批宝贝还是被人盗窃一空。梅花锁虽然坚固,但如今人心不古;强盗居然炸开仓库的后墙,堂而皇之地把宝贝盗走了。尽管我们的锁都好好地锁在门上,它们相互缠绕着,相互证明着,失窃事件和我们没有关系;但看到后墙的窟窿和原本堆放宝贝的地方空荡荡的,我们一个个伤心欲绝,平常五大三粗、老实巴交的搬运工竟哭得像个女人似的。

　　因为这批宝贝价值连城,市公安局接到报案后,出动了最强阵容的警力,迅速封锁各路码头和道口,通过排查,终于在一条通向暴富的高速公路上,截住了歹徒的集装箱卡车。可怜那些歹徒,因为贪婪与邪恶,竟连箱子里的宝贝都没看上一眼,却因此而付出了沉重的代价,他们锒铛入狱,终生将牢底坐穿。这批宝贝重又回到我们手上。我们将宝贝搬入仓库,它们又成了我们的宝贝。仓库的墙体与屋顶加固后,有四把锁世上最坚固的梅花锁把守着,从此平安无事。

　　其实,每个人都需要一把梅花锁,锁住内心深处那些不劳而获、一夜暴富、不择手段、贪婪与邪恶的念头,唯有这样才能守住生命中最宝贵的财富。有人说,"贪"字即是个"贫"字,当贪婪占据心灵时,你的一生将迅速土崩瓦解,最后只留下赤贫的下场。

　　不久,仓库里的宝贝终于被安全运走了,我们也就松了口气。

　　搬运出库那天,因为谁也没有见过这批宝贝,我们都十分好奇,它们到底会是什么呢?是钻石还是文物?头儿悄悄地询问来运走这批宝贝的负责人;负责人乐呵呵地笑道:"你们想知道吗？"我们点头如捣蒜。负责人又道："它们是一把把价值连城的梅花锁。""梅花锁？"我们大感不解。负责人就在我们面前打开一只箱子，从中掏出一把把完全不同的锁来，向我们如数家珍道："这把是尊严锁，这把是道德锁，这把是诚信锁，这把是公德锁，这把是博爱锁，这把是仁慈锁，这把是怜悯锁……"我们的眼睛随之越瞪越大，一个个眼如铜铃；负责人最后由衷地感叹道："这可是真正的宝贝呵！我们将运往全国各地，发放给那些迫切需要它的人们……"

男人赵云

　　男人赵云，并非刘备手下之猛将赵子龙，乃朋友的朋友，但同样是条汉子，壮胜猛男体，貌比潘安俊。搞对象他是宁缺毋滥，眼界甚高；但好东西谁都懂得欣赏，不料泡妞泡成了婆。谁叫他不坏那么多，就坏一点点呢。有趣得像流氓兔的男人，那个女人都难以拒绝。

　　有人说爱情就像女人的迷你裙那样短暂，恋爱时还温柔如小鸟唯他是依的女孩，眨眼间小母鸡变鸭，结了婚的她，就像《画皮》中的女鬼彻底撕下了美丽的画皮，别说点心做得精，情话说得勤，能舞会调情，体贴且窝心；婚后的他绝对是耗子遇到猫，猪肉遇到刀，木头遇到胶，一点办法也没有。洞房花烛夜，女孩就立下规矩：从今天起，工资全部上交，包括计划外的；剩饭全部承包，包括馊了的；家务全部包干，包括岳母家的；思想天天汇报，包括一闪念的。那赵云过去可是大帅哥,他是头可断,发型从来不可乱;血可流,皮鞋天天都上油。这些如今看来岂不是花花公子的行径?于是责令他从此穿着普通,打扮得笨头笨脑。但他真的是不修边幅,她又不干,说他样子邋遢,出门净给她丢人。于是男人又把过去的行头找出来,天天油头粉面,那女人也摇身一变成了家庭女侦探,天天翻他的包,查他的手机,还不忘给几个月大的儿子添了副放大镜,半夜半夜地拿它在他的衣服上寻找蛛丝马迹,稍有怀疑便不管时间是午夜还是凌晨,统把他叫起来审问一番。

女人的心情猜不透,更何况是结了婚的。都有孩子了,她还整天抱怨他不懂浪漫,和他过日子是索然寡味。但他试图逼着自己向她调情,气氛来点儿浪漫,她就怀疑他至今仍旧是个情场老手,就像狗熊掰玉米那样,见一个爱一个。有时候真的没有道理可以跟她讲的,赵云如果通情达理一点,她就说他是那种别人让他学狗叫他就不学猫叫的人,毫无主见。赵云怕了她的多心,天天一下班就回家;可回家早了,她有意见,说一大男人下班就回家,没应酬没朋友自然就是没本事没出息;其实赵云也不想做"四大傻":下班就回家,挣钱自己花,吃饭点龙虾,给小姐留电话。所以听老婆这么说,他心下窃喜,从此下了班就呼朋唤友,夜夜很迟回家。女人也知道"晚上下班回家是穷鬼,晚上九点回家是酒鬼,晚上十二点回家是色鬼,凌晨四点回家是赌鬼",从时间上看男人可是"四鬼"都占全了,终于有一天她冲着晚归的他杏眼一瞪,效仿河东狮吼:你还知道回来,死在外面算了!

张爱玲都说女人有改主意的特权,她想还是让男人规规矩矩下班就回家算了,穷鬼就穷鬼吧,只要钱不要少得让我为生计犯愁就行了,多了说不定还让别的女人帮着花呢,那不成冤大头了吗。但天天吃清水炖白菜吃得反胃，天天坐男人骑的破自行车满街跑，颠得屁股受累；你别小瞧了她也是情趣高雅的女人，也喜欢逛高档商场，购高档商品。但他除了上那种没什么钱的班外，就不知道下海经个商，大小也玩个"款儿"是不是，让她也尝尝富婆的滋味。谁晓得赵云并不是木瓜脑袋，开窍一次比火星撞地球还难三分，也不知他哪根筋突然开窍，和几个酒肉朋友自办公司，还真的发了。要不然怎么说，人生果然充满了不可预测。可那烫手的钱又不是天上掉下来，都是赵云们没白没黑地忙出来的。这就不能不让女人经常独守空房，时间久了，女人竟怀念起夫妻相守清水炖白菜、破自行车乱颠的日子了。但赵云不干。女人她就是这么烦，得到的总觉得不是她想要，等到失去了，才知道它的珍贵。

如今，男人赵云是猛龙过海，像山东人眼里的大蒜，四川人碗中的辣椒，抢手得很哪。女人默默地咀嚼着男人四十一枝花、女人四十豆腐渣的真味，明白成功男士的背后都有一个爱流泪的女人。

水　边

10月30号下午，我和老婆简钱笑赶到了城东的白沙河边，立马投入紧张的搜索中，我们和抢先到达的人们一样，低头，沉默，两眼冒绿光，在河边快速走动。我们的眼乌珠都快掉在地上了。就为本市某居民在月初买了一张 6＋1 的体育彩票，夹在皮夹里，不幸让扒手扒走了皮夹。结果一开奖，五百万的得主竟是他；他去体育彩票中心领钱，报了销售点和购买时间，彩票中心的工作人员一查电脑，完全正确，但没有彩票为凭，人家就是不兑奖。这位仁兄出来就直接进了派出所。时间过去了十天二十天，眼看着兑奖期限要到了，彩票中心决定网开一面，将兑奖时间延期到本月底。功夫不负有心人，此案终于在10月29号，让人民警察侦破了，扒手系来自安徽某穷县的打工仔。这家伙扒了皮夹，溜窜到白沙河边，掏走了皮夹中的现金，就将皮夹随手一扔了事。据罪犯交代，当时他压根儿就没注意到彩票，这也就是说那张中了五百万元的彩票还在皮夹里，谁要是找到皮夹，谁将成为五百万元的新的拥有者。

  河边突然出现动乱，人们疯了似的往一块儿涌，有人哭有人笑，有人挤断了肋骨，有人摔倒在地被人踩个半死……我和老婆也损失惨重，我的脚下只剩了一只皮鞋，而老婆却让人碰了。我关切地问她碰哪儿？简钱爱恶声恶气道，你说碰女人还能碰哪儿？你个猪头山！动乱的根源是有个年轻人，在草丛里找到了那只黑色皮夹；很多人就称是自己先看到的，去狙击他。那年轻人一看这架势，就义无反顾地朝唯一无人狙击的河边跑去，只见他将皮夹往嘴里一咬，猛地扑进了白沙河里，朝河的对岸游去。岸上有不甘心于那白花花的五百万让其独吞者，纷纷跳入河中，朝年轻人奋起直追。河对岸同样挤满了虎视眈眈的人们。那个年轻人迅速游到河中心之后，就在那儿徘徊犹豫不前了；这使追上去的人信心百倍。但是那个年轻人颇有策略，忽然下到水里不见了，直到天黑，也不见他浮上水面。我和老婆简钱爱懊恼至极地回了家。

  第二天下午，我特意溜出去买了张报纸。说不上我是什么心态,反正我很想知道昨天的结果。果真不出我所料,我在报上获得了三条重要信息。第一,今日凌晨,在白沙河里发现了三具男尸,其中一位年轻人的嘴里死死咬着一只黑色皮夹,皮夹里除了几张被河水泡烂的草纸外,别无他物。第二,因为印刷的错误,在昨天有关彩票被盗案的报道中,将百沙河错印成了白沙河。第三,今天是10月31号,才是10月的月底。随后我用报刊亭的公用电话给老婆简钱爱挂电话,将上述情况一说,我问她今天还去不去百沙河了?

雪莲花

有对年轻人逃亡清凉山中。

决定向女孩求爱那天,男孩清早就上清凉山巅,寻觅圣洁的雪莲花;那将是他献给心爱女孩的定情物。昨晚,当地大娘说起这一带有关雪莲花的传说时,女孩偷偷笑了,害羞了。男孩当时就打定主意。第二天一早,他瞒着女孩,悄悄上山了。

其实,女孩是知道的。

他在心里想什么,她都知道。

他一定会采回来的,让雪莲花见证他们俩永恒的爱。

至死不渝。

中午,当地大娘让女孩去叫他吃饭。

"大娘,不用等他。"女孩骄傲地说,"他上山采雪莲花了。"

"啊哟!糟了糟了……"当地大娘扔下筷头拔腿就往外跑,嘴里一个劲地念叨,"冒冒失失的,上山也不说一声……"女孩追出去:"大娘,有啥问题吗?外地人不许上山?山上有豺狼虎豹?到底怎么啦?大娘,您倒是说话呀!"女孩被她的第一反应吓坏了;直觉告诉她,男孩很危险。但她就是不知道是什么危险,心里才发毛。

老村长叫了八个经验丰富的村民,上山找人。

"阿弥陀佛!"当地大娘手拍抽着破风箱似的胸膛,缓过气来说,山上经常雪崩,太危险了。

女孩转身就往山上跑。

"别去,危险。"当地大娘喊破了嗓子,但她早已没影了。

男孩相当幸运,他没有遇到雪崩;而且,他采到了雪莲花,从主峰上蹦蹦跳跳下来。

下到半山腰,他发现有群人上山;定睛而视,从人群中认出女孩来。其实,他看到的人影才树叶儿大小,那么远,他看得清楚啥呀?但他就是知道,是她。她一定是着急了,怕……这一刻,他无比幸福。他高举双臂,朝她挥舞着雪莲花。

他等不了到她跟前,他现在就要告诉她;他猛吸一口气,大声地向全世界宣布。

"以天,我爱你!"

大山回荡:

"以天,我爱你!"

"子恒,我也爱你!"

女孩回应道,发疯似的朝山上跑。

蝴蝶效应。喊声触动积雪深处最纤弱的神经,就像利刃挑断蛛丝。就在男孩身后,飞流直下的是排山倒海的积雪,雪尘暴腾空而起,主峰消失了,天地混沌。"子恒……"女孩尖叫着冲上去,

老村长拦都拦不住；一位壮汉将她拦腰抱起，扛着拼命挣扎的她，迅速撤下山去。

顷刻间，积雪巨浪将他们冲得七零八落，重重地覆盖了他们。

他们被巨大的雪浪冲到山脚，离雪线很近；全村人赶来抢救，挖出女孩和老村长他们。女孩睁开眼睛，尖叫起来，她挣扎了两步，又一头坠倒。女孩被背回村里，由当地大娘精心照料。

女孩天天以泪洗面，时时刻刻念着男孩。

老村长残酷地告诉她，要找到他是不可能的。他在半山腰被埋，埋得很深，少则十数米，多则数十米，这么深的积雪底下，你就是知道他的下落，也无法挖出来；更何况，他的下落是不确定的，因为雪崩等原因，山上积雪每年下移几十米或上百米，他随时都会移动，直到有一天，才可能……

女孩问才可能什么？

"唉！孩子，你还是离开这儿吧，"老村长叹息道，"去重新生活。"

当地大娘告诉她，村里那些在雪崩中丧生的人，过上三五十年，甚至更久，就会随着下滑的积雪移到雪线附近，被人发现……

"大娘，您是说，有一天他会回来……"

"您是这个意思吗？"女孩不放心地追问。

"是的。"

女孩决定留下来。

三年后，女孩第一次见到失踪者，出现在雪线附近。她穿上婚纱，匆匆赶到现场。那个失踪者不是男孩，是四十多年前失踪的一个村民，才二十多岁，看上去是那么年轻；他的父母已经老了,他的妻子也已是其他孩子的奶奶。但他的妻子依旧哭得那么伤心。女孩深有感触,更坚定了信念。

在随后漫长的岁月里,失踪者一次又一次地出现,她一次又一次地披上婚纱,去迎接她的新郎;但等来的,都不是她的男孩。

她整整等了五十年。

她终于等来了她的新郎;他依旧是那个十八岁的男孩,青春,英俊;他双手举着纯洁鲜艳的雪莲花,脸上洋溢着喜悦的笑容;他张大嘴巴,呼唤着她的名字。她知道的。她就是知道的。她听到了五十年前他呼唤的声音:"以天,我爱你!"而女孩这时候早已老态龙钟,满脸皱纹深得跟刀割似的,但她依旧深深地爱着他。

女孩扑向男孩,紧紧拥抱他的那一刻,她气绝而亡。

在这五十年里,女孩早就准备好了一切。

村民按照女孩的遗愿,将她和男孩合棺,安葬在她生前准备的墓穴里。

照片外面的人是谁

不是我生性多疑,而是我老婆太漂亮;结婚已五年,她看上去还像个小姑娘;只要我不在她身边,总有陌生男人凑上来乐于为她服务。再说在我之前,她就和另一个男人订过婚;大家都说是我有魅力,但我一直战战兢兢,如临深渊,如履薄冰。这回我感觉事情大了。她从北京学习回来,居然闭口不谈北京的事;这就

太反常了,绝对不像她往常爱絮絮叨叨的个性。除非……除非她隐瞒了什么?我偷偷翻过她旅行包,包里有一个很特别的手工缝制的手机挂件;但她没有送给我,那她会送给谁呢?

她在北京拍了很多照片。有天我偷偷地把相机里的照片复制到电脑上,我发现她都是一个人拍的照片,而且取景都很远。你想长城上那么多人,你就放心把相机交给一个过路的吗?还隔那么多游客?还有一张,在什么百货大楼门口,明明前张手上还有个相机套的,后一张就空着手做动作。这不合理呀,让人拍还让人拿相机套?而且听她说把相机拍到没电,最起码拍了两百张以上,但是相机里只有七十几张,应该是删掉了另一个人的,以及和另一个人的合影,这个数字才对嘛!最后,我把照片放到无限大,终于从她眼镜上的反光中,发现每次都是一个男的影子;虽然那影子马赛克得很,但我确信是个男的。我的妈呀!这就太能说明问题了。我只觉得眼前一黑,倾倒在电脑桌上。

我失眠了几天,最后忍不住问给她拍照的人是谁?她说是她的室友。如果是室友,那反光的应该是个女的才对呀?我的妈呀,我的猜疑得到了证实。她果然向我隐瞒了什么。据说现在办公室恋情特多,不管是已婚的未婚的,表面上风平浪静,其实很多人心里都暗潮汹涌;再说像我老婆这样的美人,就……想想都叫人后怕。我通过她的同事,旁敲侧击,终于打听到她和一个姓王的主管关系密切,而且就在她去北京学习期间,姓王的还请过三天假。现在去北京太方便了,三天时间,啥事情不能做呀?我不能坐以待毙,恶补了几部成龙演的特工片,开始跟踪和盯梢那个姓王的,我发现他的手机挂件就是那个红色玩偶。这是情人信物?如果他们在北京一起过,还需要她带回来再送他吗?对了,他们这是障眼法,用一个小小挂件掩盖了在北京的事实。

为了答谢单位领导和同事给予她去北京学习的机会,老婆要宴请他们,我当然举四肢赞成,太应该了!但我说我有事去不了,老婆也落得轻松;其实我有屁事?我来个欲擒故纵,就像隐藏在黑暗里的眼睛,要把他们的"暗情"挖出来。我化了妆,潜伏在街头,用望远镜捕捉她们的一举一动。我早一分钟到家,我知道是那个姓王的送她回家,她醉了,或者说更清醒了;她走到客厅,就挥舞着手臂对我大声嚷嚷:"我有话跟你说了。"

我知道,是时候了,她要摊牌了。

离婚!我想她会这么说。

"你什么意思?他们看到你在街上鬼鬼祟祟的,你怀疑什么?自从我从北京回来,你就没有一天正常过!"她借着酒力朝我大吼。

她倒好,猪八戒倒打一耙。我恨恨道:"问你自己?"

"我怎么啦?你今天非给我说清楚不可。"

"说就说。我问你,照片外面的人是谁?"

"照片外面的人?什么照片外面的人?"她糊涂了。

我打开电脑,把照片放到无限大,让她看。她笑了。她说:"我咋知道那人是谁?你去注意照片外面的人做什么?你要关心的是照片里面的人!"

"你还用得着我关心吗?"我狐狸般酸溜溜地说。

老婆叫屈道:"好你个死山人,今天我就让你死个明白。"她急吼吼的,将一张张照片裁剪下眼镜那一小块,然后再将这一小块放到无限大,于是那个隐藏在反光中的神秘人物现身了,尽管影像模糊,但可以肯定不是一个人,而是很多人,而且有胖瘦高矮男女老少,他们就是她拍照那天所遇到的陌生游客。"照你这么说,我岂不成了大众情人?"老婆拍拍显示屏道。

我讨好她道："对对对，你就是大众情人！"

老婆一把揪住我的耳朵，扯我去卫生间；将我的头塞进水槽里，然后水龙头大开，"小气鬼喝凉水，喝了凉水变魔鬼！"老婆让我"凉快"了很久才问："你看到什么啦？""看到老婆大人你了。""那照片外面呢？""一个喝凉水的小气鬼。"

虚惊一场！我暗自庆幸喝最多的凉水也是值得的。

岳母家的猫

岳母信佛，吃素，每月初一、十五到虎山头烧香，雷打不动；烧完香，过虎山桥，到光福街上买些小死鱼回家，煮一锅，盛于钵中，锁入饭橱，每天匀一小碗喂猫。岳父过世十五六年，岳母唯与猫独居三家村，相安无事。猫是老猫，无名，必要时岳母叫声猫咪，它也知道是在叫它。岳母很少出门，亲戚间有红白喜事需走动时，出门前岳母必备下猫食，放于老虎灶脚边。岳母从不在外面过夜，只要摸到家门前，听见猫在黑暗中喵喵地叫，她走多远的夜路都不累；猫也晓得惦记人，一日不见，便孩子似的绕着岳母的双脚转，入夜睡于床角，鼾声比冬天犯哮喘病的岳母还响亮，咕噜咕噜的，像喉咙里永远有一块不小的痰。

岳母家先前是有老鼠的。那时岳父健在，有门手艺，收入不错；儿女们也喜欢往家里跑，倒不纯粹是啃老；孙子辈尚小，岳母又慈祥，又疼爱，自然在岳母家做窠。那时岳母家热闹，货源充足，理所当然成了老鼠关注的焦点；在岳母家过夜，不到午夜，这些小小的梁上君子就忙碌开了；有只老鼠不慎从梁上失足掉到蚊帐顶上，它倒不咋的，我却被吓得半死。这足见当时的老鼠有多猖獗。那时猫也是工作的，但偷盗成性的老鼠前赴后继得很，捉不胜捉。岳父过世后，岳母家渐渐地清贫了，四壁如洗了，老鼠也就少了，这些聪明的小家伙早上别处去谋小康了。但猫依旧在家里，悠闲自在，白天睡晚上也睡；有时候睡多了精力过剩，有时候是厌烦了家里平淡的日脚，它扭头就走，也不知道去了哪儿，三两天都不回家。

岳母说猫在外面有个家，或者在后山什么地方有个隐秘的去处；总之，它隔段时间就会出去一趟，或三两天，或三五天。但从没见它带别的猫，或带自己的孩子回家；可见它公私分明，内外有别。我们劝岳母教训它，不给它吃或把它赶出去，但岳母全然不理会我们的气愤，它什么时候回家，门都是敞开着的；它什么都不用付出，不捉老鼠，也不陪伴岳母，却依旧被岳母深深地爱着，给它温暖的住所、它最爱吃的鱼拌饭和干净的水。岳母和猫就像两个孤独的老人，虽然住在一片屋檐下，却各自生活在各自的世界里，陌生而又无语；只有黄昏时分不见了对方，岳母会叫一声猫咪？猫也会叫一声妙？彼此相见，却又没一个字可诉。

这只猫是岳父刚过世时来家里的，十五六年过去了，它也就老了，它翻堵墙、爬个灶什么的，有时候上得去却下不来，就妙妙地直叫，要八十多岁的岳母过去帮忙；岳母边埋怨，边急急地找去。岳母说我也和你一样，都老得眼花绿花猫拖酱瓜了，我们以后可怎么办呵？岳母的担忧，猫好像听得懂的；岳母说一句，它就妙一声。有一天它赖在岳母的膝上不走，入夜又睡在岳母的被角上；第二天猫就不见了，好像天亮前就出去了。几天后家里来了只新猫，一只年轻的猫，感觉是老猫叫它来的，岳母就将它留下

了。老话说"狗来富,猫来穷。"也有的说"猪来穷,狗来富,猫来孝。"岳母才不在乎这些呢。她养了一辈子的猫,都是它们各个儿找来的。至于那只老猫,岳母知道它不会回来了。这已经不是第一次了,以前也有过这样的情况。

猫老到不能再老的时候,就悄悄地离开家,去它在外面的家,或者是后山上某个隐秘的地方,独自老去,不让人看到它的死。我听岳母这么说,将信将疑,天下的猫不会都这样吧?但至少岳母家的猫是这样的。

你是一只桶

青年人即将走上社会,为此而惴惴不安。

临行前,青年人来看望爷爷,希望爷爷能给他一些忠告。

爷爷说我的菜地很久没有施肥了,今天你来得真好,帮我抬一桶大粪到菜地吧。爷爷找出那只粪桶,装满了粪便,然后叫青年人抬。换了别人,或别的时候,青年人是不会和爷爷一起抬粪桶的;太臭了,青年人简直受不了这股气味。施好肥,爷爷将粪桶洗干净了,但那股气味依旧存在,还是那么臭。难怪,爷爷把它存放在茅坑边上。

干完活,青年人要走,但爷爷执意留他,说还有活要他干呢。爷爷找出一只水桶,对青年人说,你再帮我抬几桶水吧。爷爷叫他干活,青年人就不好意思说走了。家到河边有一二里路,抬一桶水还真不容易。青年人将水倒进灶头的水缸时,却发现缸里水满满的。爷爷并不是缺水,而是想留他,吃了饭再走。

于是,青年人就留了下来。

吃饭时,爷爷叫青年人把酒桶拿来。青年人就从灶头抱来了酒桶,揭了桶盖,打开满桶的棉絮,从中取出那把酒壶,给爷爷斟了一碗,自己也斟了一碗;黄酒温温的,入口好香呵。在饭桌上,爷爷也没有对青年人说什么。

午后,送青年人到路口时,爷爷说,这三只桶,我是用同一棵树上的木头做成的,新的时候一模一样;后来,装酒的就成了酒桶,装水的就成了水桶,装粪的就成了粪桶。

第五辑

情人节礼物

羊跳崖

前年初夏,我去浙南山区遂昌玩耍,朋友是个文人,过去在金矿工作,现在搞黄金旅游了。他自己住在县城,父母亲却住在深山中。我去后,他就带我到老家去看看。曲折的山路,美丽的山景,古老的山镇,善良的山民……朋友说,这些是我在大城市里所看不到的。朋友的母亲见我们去,二话没说,就杀了一只鸡,砍了些草药根,煮山家特色的药鸡汤给我吃;在酒桌上,朋友的父亲又搬自家酿的米,又搬蕲蛇浸的药酒,让我品尝,结果喝得我醉五醉六的。

第二天朋友特地带我到山上转了转,他说只可惜现在不是打猎的季节,不然叫上几个朋友,让我真正体会一下打猎的乐趣。关于打猎,在我们以往的交往中,他已经讲了很多了。这次他之所以带我上山,就是叫我去看看那道羊跳崖。他说你是个作家,应该去看看。一爬山,就觉得天气太热了,太阳像块烙铁一样背在身上,人像淋了雨似地汗水直流;从朋友的老家到羊跳崖,要爬过三个山头,走得就像诗人所说的"正入万山圈子中,一山放过一山拦"。我几次想放弃了,但朋友的力量终于让我爬上了海拔1400多米高的山崖。啊,这儿就是羊跳崖了,山风吹来,那个凉爽的劲儿就别提了。

到过富春江严子陵钓鱼台上的朋友,都知道那拔地而起的悬崖,就像斧劈刀砍出来一般的,站在崖上就双腿发软,如果你斗胆往悬崖底下望去,只觉得头晕目眩,身子会飘起来似的,不经你的同意就想自个儿飞下去了。我被胆大的朋友拉过去张了张,吓出一身冷汗。退到安全处,我们坐下来休息,朋友又讲起那个动人的故事了。

当时,他们是七个人来围猎的,因为他是一个新手,所以队长把他一个人安排在这山崖的前面,他的身后是无路可逃的悬崖,猎物是不会往这边来的,即使来了,新手对付不了,也没有关系,悬崖会把它们截下来的。其余六个猎手,他们两人一组,兵分三路,从另外三个方向围猎过来,汇合点就是新手所在的悬崖。那个时候,这悬崖还不叫羊跳崖。他们围猎了半夜,却始终没有听到枪声,月光朗朗,山色重重;没有新人来前所想象的刺激,也没有别样的情趣,他等待在沉闷中,感到无聊极了,便坐在一块岩石上打瞌睡了。正朦胧欲睡时,两团白色呼呼地蹿到他的跟前,等新人意识到什么,提枪起立时,两团白色已经从他身边一闪而过。紧接着,随后追来的六个猎手也到了新人的面前。队长按住新人端起地颤抖着的猎枪,说,不急,它们跑不了了。的确,它们无处可逃,因为它们的身后是万丈深渊。

他们开始向悬崖缩小包围圈。现在,新人看清楚那是两只山羊,大的那只是母羊,小的那只是母羊的孩子。小羊哆嗦着,要向人们这边突围。这是死路一条。母羊对小羊咩咩地叫着,一声紧似一声,不知说着什么?小羊终于回过头去,水灵灵的眼睛望着母羊。母羊也望着它,眼睛湿润了,月光如水。猎手们纷纷举起猎枪,准备收取猎物了。但母羊突然转过身去,号叫着,向悬崖边缘跑去。这是十分愚蠢的举动,因为这道悬崖与对面那道悬崖相隔五六米宽,羊根本跳不过去,只会掉进山谷中摔得粉身碎骨的。母羊的愚蠢之举,也让小羊步了它的后尘。当母羊跳离悬崖后不久,小羊也跳离了悬崖。他们都看呆了,忘了对自杀的山羊扣动了扳机。但是奇迹出现了,当母羊跳到崖与崖之间时,后跳的小羊刚好踩在母羊的背脊上,并再一次奋力跳起来,落在了对面的悬崖上。它号叫着,回头凝视着早已消失了母羊的山谷。猎手们缓缓地放下了手中的猎枪,他们被山羊的母爱所征服了。

下山时,朋友对我说,从此,他们这儿就有了羊跳崖,也改变了他们围猎的方向。

想去一个地方

鉴于我的做人原则,我必须去一趟桃园。但我听说我要去的桃园正在封闭式的建设之中,也不知何时才能竣工?世事难料,我没有时间等下去了,所以在一个秋天的清晨,我出发了。一路上我问了不少知情者,他们都劝我放弃这次行程,但见我固执其见,就告诉我说,那你就在那个有块"古今文胸"广告牌的路口往右拐,不到五百米就是桃园了。我不知道什么样的广告牌才是那个文胸的广告,他们就把袒胸露腹的美女形象描绘了一番;他们的热情,让我不想知道也不行。我拐过那个路口,就在前面三四百米处,又问人道,去桃园有路吗?被问的人好奇地打量着我,这叫什么话?没有通路的地方你说会有路吗?那怎么过去呢?我问。那人笑道,你要么飞过去,要么从没有路的地方走出一条路来。

我觉得他的话很对,既然不长翅膀,那就像鲁迅先生所说的,自己走出一条路来吧。于是我横穿马路,穿过城市的绿化带,开始向我要去的地方出发了。但挡住我前进的步伐的是高深莫测的围墙,围墙,还是围墙。当然,围墙与围墙之间还有一些特别的门洞。那是供建设者进出的。我不是建设者,但我试过冒充建设者或上级监督部门的人,也都没有混进去。那些守门人眼睛刁得很。当然,这些办法之所以无效,其实很大原因在于我不想用这种方式来达到目的。我做事一向都是很有原则的。没有办法,我开始翻这道最外围的围墙;可是,不知从哪儿突然冒出一个人民警察来,他"吧嗒"给我敬了一个礼,将我拦住了。他称我先生,并请我按交通法规行事。他善意的提醒,让我不得不从围墙上跳下来,告诉他我要去桃园,你说怎么走?他想了想,最后摇摇头说,没有路可走。我说那住在里面的人怎么出来呢?警察说,桃园本来就是一个荒野之地,除了建设者,没有别人。他说到这儿就咦了一声,说对了,既然没有人,你去那儿干什么?我告诉他,有关此行的机密我不能告诉他,要不,我未来的前程就丢了。警察见我这么说,他就安慰我道,要不你到前面看看,那儿到桃园相对近一点。他说到"近一点"三个字时,嘴上有个小动作,泄漏了他在说谎;他是想骗我过去,离开他的管辖范围,那样就没他什么事了。我当然不是一个会轻易上当的人,我一向坚持我的原则。

最后我被带到附近的警署,所长问了我三个问题:你知道桃园是什么地方吗?既然没有通路你为什么还要去呢?你去干什么?我三缄其口。后来我被告知,既然桃园没有通路我就不能过去,懂吗?我连忙点头,懂懂懂。我想我连这一点也不懂,还想不想离开警署了?当务之急,我得先离开这儿再说,鉴于我良好的认错态度,我很快就出来了。可是,当我第三次被"请"到警署后,我不得不感叹,在现代社会里我想独自走出一条路来,是已经不可能了。于是,我不得不放弃去桃园的初衷。后来,桃园的建设终于竣工了,几个因为我问过路而熟悉了我的好心人,特地跑过来告诉我说,桃园通路了,我现在去那儿应该畅通无阻了,但我已经不想去桃园了。对我来说,这一切已经毫无意义了。

因为我终生的梦想,就是能够去一个别人去不了的地方。

放学了

雷峰要复员回杭州那年春天,对象苏春晓突然嫁了人。

那年深秋,西湖之上烟雨迷离,暮色苍茫,雷峰徘徊在孤山、断桥一带,悲痛欲绝。

"你不是说等我回来吗?你不是说蒲苇纫如丝吗?为什么?"

雷峰站在断桥上,声嘶力竭地质问西湖山水时,邻家小妹突然抱住他,生怕他一头扎进湖底。

柳闻莺哭泣道:"对不起。雷哥。"

当年的跟屁虫毛孩,如今已出落成美丽大姑娘了,懂事了。

雷峰抹了把泪道:"对不起的人是她,不是你!"

泪眼两相望,秋水多涟漪。

柳闻莺哀求道:"雷哥,你还有我呢。"

她蹲下身道:"你不想走,我来背你回家吧。"

一如当年的他。

深夜,巡警拦住走在湖边的雷峰,拍醒他背上的女孩询问。

柳闻莺在梦里朝巡警一挥手道:"不要你管,我是他女朋友!"她继续抱住脖子睡,口水打湿了他的衣领。

第二年春节,柳闻莺嫁给了雷峰。柳闻莺聪明、能干又贤惠,家务事无须雷峰插手,悉心养育儿女;雷峰在派出所工作,受过三次伤,立过两次功,都离不开她的支持。

夫妻俩相濡以沫三十年。

一次职工体检,医院成了法院,她被判了死刑,最多半年。

省肿瘤医院复查,被确诊。

儿女都在国外,柳闻莺不许雷峰招回。

她说就把这半年六个月一百八十多个日日夜夜留给咱们俩吧。

雷峰痛哭流涕。他该死!他心里一直有另一个人,此生没有好好待她。

她不许他责备自己。

她又说对不起。

她不能陪他到老了。

趁自己还有点力气,她给他准备了一年干净的衣服,按月份放在衣柜里。

她唯一的遗愿就是在她周年忌日那天,他能穿上她压在最底下的那套衣服。

五个半月后,儿女从国外飞回,一家人时刻守着她。

雷峰是在病床边紧握着她的手陪她走完生命的最后一段旅程。

柳闻莺离开人世的那个黄昏,突然对雷峰说"放学了"。

一直假装硬汉的雷峰,听完这句话就像孩子似的号啕大哭。

柳闻莺周年忌日那天,雷峰取衣服时,啪!从衣柜里掉出两封信。

一封信是柳闻莺写给他的。

她再次说对不起,当年是她以死要挟苏春晓嫁人的。

另一封信给苏春晓的。信封上有地址和手机号。

原来,柳闻莺和苏春晓一直来往。

原来,苏春晓就在杭城。

苏春晓,离异,有一子,不在身边。

柳闻莺把雷峰托付给苏春晓,要她照看好他后半生,否则做鬼也不放过她!

一如当年小魔女的霸道。

雷峰和苏春晓结婚了。

他们常常带点干粮和水,手挽手,漫步西子湖畔,从苏堤到白堤,春花夏荷秋月冬雪,一遍遍走,一遍遍回忆;围绕西湖,他们有走不完的路,说不完的话,捡不完的故事。

当年的初恋情人,幸幸福福地生活了十八年。

七十三岁,雷峰无疾而终。弥留之际,他突然用清晰的口吻对苏春晓说"放学了"。

一直假装豁达的苏春晓,听完这句话就像孩子似的失声痛哭。

葬礼结束后,雷锋的儿女问苏阿姨,为什么我妈临终时对我爸说"放学了",我爸临终时又对你说"放学了",而你和我爸一样,听到这三个字就泣不成声。

这到底是为什么?

苏春晓叹息道:"我也想说放学了,那样我就和你们父母在一起了,可是我对谁说呢?"

原来,从小学到高中,雷峰和苏春晓是同学,柳闻莺低两级,但她古灵精怪,玩时最起劲,回家就脚痛,非要雷峰背她。早晨,她们会对雷峰说,放学了,我们一起回家吧。傍晚,他们会在回家路上遛个弯儿,去西湖边玩,看看一株桃树一株柳,桃红柳绿水如烟……

情人节的礼物

今年的冬天太冷,情人节那天更是大雪纷飞。

虽说是个工作日,但袁芳还是给自己放了一天的长假。这个假她是为男友张荣南放的。尽管她的男友还蒙在鼓里。清晨,她就起来沐浴,跑去娜娜美容院做了做,然后收拾了一些东西,乘快客离开自己的城市,奔向男友张荣南的城市。两座城市不远,坐快客两个小时而已。快客上放的是周星驰主演的搞笑片,张冠李戴的爱情,溅起一片笑声。

这时候已是午后,袁芳感觉不到饿。她被另一种感觉幸福得惴惴不安了。她想象不出,他这个工作狂的呆子见她从天而降会是怎样的表情?两眼突出,嘴巴大张,喉咙口被惊讶声堵住了……那将是怎样的喜悦呵!她要的就是这个效果,这才叫情人节的礼物嘛!所以昨夜通电话时,她都没有告诉他她的这个预谋,她甚至连明天是情人节都一字不提。她的呆子除了工作,能知晓情人节为何物?想到这里,袁芳情不自禁地把手探进衣袋里,抚摸起那枚小巧的铜钥匙。

到了他的城市,袁芳替他买了一支红玫瑰。时间尚早,大街上一点也没有节日的气氛;倒是青春亮丽的她,手执一支火花的玫瑰,招来十二分可观的回头率。她为此很开心。那位粗犷的的哥,一路就盯着反光镜看她。他说小姐我没猜错的话,你是新婚回门的吧?袁芳笑笑。的哥又得意地说,我一看小姐的脸就明白了。袁芳好奇地问,我的脸怎么啦?的哥说全是甜蜜,蜜月后的甜蜜。袁芳全身像灌满了汽油似的,被他的话一点就烧。她用那枚铜钥匙打开男友的宿舍,心里还在甜蜜地想,为什么的哥会这么说呢?

和她想的一样,他还在工作。袁芳幸福地呼吸着他弥漫在公寓里的气息,然后打他的手机,但有个小姐说,您所拨的用户已关机或联系不上。这也和她想的一样。他工作起来总是那么专一。她决定去单位找他。反正他的单位距宿舍不远。但他不在单位。他的同事尤其那个戴眼镜的家伙,色迷迷地盯了她老半天,问她是张荣南的什么人?她不知为什么,说是大学同学,而没有说女朋友。同事们说他下午就没来,叫她去问姓金的女所长,或许她知道他的下落。她从他的办公室里退出来时,听到他们说这小子倒是艳福不浅,又是个女……

袁芳回到他的公寓,心里就有了些许的后悔和失落,悔不该昨夜不告诉他。或许他和她一样地预谋,一样地跑去她的城市找她了。这时候已是黄昏了,天色一阵阵地黑下来。袁芳打电话给同宿合的小姐妹,问张荣南有没有来?小姐妹说没有。袁芳说要是来了,请马上给她电话。在黑暗里傻待了好久,她才想到开灯,想到自己一整天没有吃东西了,有了饿的感觉。她泡了碗碗面吃了。单身公寓的脏乱差,让她很快就投入了忘"他"的工作中。记得去年与他共舍的舍友另筑爱巢之后,这套公寓就属他了。她过来帮他收拾,被她布置得像新房似的。那个八月的夜晚,他想要她,但她拒绝了。她不是不喜欢他,不是不想他,而是她还没有准备好;她不是那种随随便便的女孩,她要给就要给一生可以依托的男人。当时她还吃不准他是不是这样的男人。今天,在这个特别的洋节日里,她把自己收拾得那么鲜艳,当作情人节的礼物送到他这里,而他不知去哪儿了?小姐妹一直没有电话来。

袁芳收拾到他的床上,却发现他拉在里床的手机。这说明他并没有走远,就在这个城市的某个地方。她想到他的同事所说的话,那个姓金的女所长?她觉得自己好傻好傻。但她在心里一直批驳着自己,不,他不是那样的人,他肯定是为了工作,他马上就要回来了。袁芳坐在他的小书桌,玩耍着他和她的手机。这是一对情侣手机,是去年那个八月,经过了那个激情而又纯粹的夜晚之后,他们在街上买的。那一夜他对她的尊重,让她确信他是可依赖终生的,她才认同了他这个男友,她不但接过手机,还接过了他的那枚钥匙。时间就像冬眠的蛇一般,恶毒地一动不动;但这个本该异常浪漫与甜蜜的夜晚,终于被她一点点地熬去了。忽然,趴在书桌上迷迷糊糊的她,听到手机的铃声。是他的手机,是个短消息:南,谢谢你让我度过如此美妙的夜晚……袁芳只觉得自己的脑袋轰的一声灰飞烟灭了。

就在这个时候,门口传来钥匙转动的细碎声,但袁芳没有听到。

老尚的雅号叫"各位观众"

老尚有个雅号,叫"各位观众"。

老尚人老心不老,他那颗沧桑了半个世纪的心,还时不时要骚动一番呢;冷不丁地冒一下"像余纯顺那样徒步行啊"、"骑摩托车飞越长城啊"之类的念头。但他哪儿都去不了。所以他清晨挖开眼睛,头一件事就是开电视,看有没有最新的新闻;晚上就更不用说了,抱着被老婆淘汰的破黑白,看着一年四季"雪花飘飘"的新闻节目。即使是中午,人家都在大楼里打瞌睡、玩牌,唯独老尚屁颠屁颠地赶回家去,在荧光屏前关心半个小时天下事,也是他莫大的快乐。合着老尚的心愿,天天有鲜活出炉的新闻,那才叫活得带劲。正是这个缘故,单位里那些些新闻赖汉,平常连央视的新闻联播都不瞧一眼,却尽知天下事;为啥?他们一上班就去老尚的办公室报个到,听老尚来个五分钟的"各位观众"就得了。

在同事们眼里,老尚的脸是支新闻晴雨表。他那张脸红润有亮度,说明天下又出了啥新鲜事;他那脸黯淡无光,说明阳光下无新闻。就说911恐怖分子炸了美国世贸大楼的第二天早晨,老尚那个兴奋啊,上下两片薄如刀片的嘴唇,噼里啪啦撞击了整整一个上午,也不知道累的。这家伙要是在美国,肯定第一个当嫌疑犯给逮了。就凭他脸上那朵灿烂的笑云。当然老尚不是嫌疑犯,他是一个善良的中国公民,对于恐怖主义,他完全与联合国站在同一立场上。他对此事的关注并不比美国总统布什和联合国秘书长安南逊色。他简直操心极了。美国出兵阿富汗,美国警告伊拉克,美国支使以色列对巴勒斯坦动手动脚……天天有新闻,让老尚像吃了鸦片似的,人因思索而瘦了,但绝对瘦得精神。这两三个月以来,老尚以"各位观众"作开场白的新闻发布会,时间比原先涨了一倍。当然,老尚欢迎各位在发布会后,与他共同探讨国际局势的走向。

不过最近老尚有些怪,气色一直不大好,这倒不是因为最近缺乏鲜活出炉的新闻。像本拉登到底是死是活啊?中国足协到底对吹"黑哨"有何新动作?新闻有的是。而是因为他那只"雪花飘飘"的黑白电视机彻底报销了。本来嘛,老尚申请买一只,如果老婆同意也就没事了;可老婆非但不同意,还不让他分享现有的那只彩电。这就导致老尚面临着失去"各位观众"的雅号,于是他心一横,背着老婆偷偷地搞了台回家,虽然尺寸小了点,但还是带彩的呢。问题就来了,老婆"请"他解释一下,他先说是朋友淘汰的,只花了五百块元……老婆又"请"他解释一下钱的问题;他又说是朋友白送的,老婆就问是哪个朋友,老尚一时语塞。结果你猜怎么着,老尚让老婆查到了一个近千元的小金库,以及瞒着她每年偷偷给他乡下父母寄钱的证据。到这地步,老婆还能不像美国对阿富汗似对他,她声称这已经不是钱的问题了,而且跟他没完!

有一天,苦不堪言的老尚,终于向我们透露了他的私家新闻。

出　秧

我一早从省城坐车,再转轮渡过江,从七闸渡口步行三里路,回到三角街已经很晚了,村子里静悄悄的。秋夜凉丝丝的,村里人睡得早,家家户户黑灯瞎火的,唯有东方初升的月亮,黄澄澄地照着屋树和田野。从牛家门前经过时,我从齐肩高的篱笆墙上望过去,只见一位老人蹲在屋檐下,头埋在臂弯里,好像在哭泣,但我听不到哭声。我没有停步,匆匆地赶去父母家。父母家在丁字路口开了爿小店,此时还醒着昏暗而又明亮的灯。

因为事先没有联系,父母见到我这个不速之客,惊慌多过惊

喜。母亲为家里没有饭菜可以招待我而连连叫苦，最后下了碗面，面里磕了两枚鸡蛋。父亲连忙给我泡茶，不停地问我有什么事吗？他担心我为什么事而来？或者我家里出了什么事？听我说明天要去县城参加一个同学会，就提前回家转转之后，终于安下心来。吃面时，我没话找话，就说有个老人在牛家门外哭，却不见有人出来，也不见灯火。父母顿时大惊。母亲讳莫如深地跑去房里，在观音菩萨佛像前点烛焚香，敬拜祷告，嘴里念念有词。我再三问父亲，父亲最后才支吾道："你看到的是牛伯，他已经过世七八天了。""啊！"我哑然失笑道："怎么可能？难道我见到鬼了？"

母亲先是埋怨父亲多嘴，但随后也自个儿说开了。听母亲说，牛伯苦了一辈子，最早是从绍兴讨饭过来的，老婆有严重的哮喘病，过世时才下了一回床；他有三个儿子两个女儿，全靠牛伯一个人到外面扒心扒肝地扒，才扒回来一家活命的东西；但一个个精瘦精瘦的，比猴子强不了多少。日子最苦倒也给他熬出了头，两个女儿相继出嫁，三房媳妇又娶进门；可好日子才刚开了个头，他老婆就"当啷"过世了。牛伯从此独自生活，做点吃点，稍有积蓄就补贴给三个儿子家；日子也过得顺风顺水，有时候他到小店里来，打一碗散装老酒，要一块酥油饼，就有滋有味地坐上半天，回家时还哼个小曲呢。但是没多久，一个大雨天里也不知他出去做什么，就要死要活地摔了一跤，屁股骨摔断了；也没人给他去医院看，就翘松松地躺在家里。开始儿子女儿的，还常跑来看看他，给他端点吃的，给他净个身，但日子久了，谁也扛不住这个事儿；牛伯就有一顿没一顿地，屎尿都拉在床上也没人管，家里臭得根本进不了人。母亲说到这儿，喷嘴，摇头，一脸鄙夷；说得我也脸有愧色。我已经有五年没回老家了。母亲接着说，村里也去看过他，牛伯下身都烂坏了，蛆虫爬得到处都是。就这样，牛伯又撑了一年多,前不久才过世的。是他小女儿来看他时发现的,人已经臭了,大概死了有几天了。听得我唏嘘不已。

母亲说今天大概是牛伯出殃的日子。我不懂什么叫"出殃"。母亲就此解释了一番,听得我浑身起鸡皮疙瘩。母亲最后埋怨道:"牛伯这一世人还没有做够吗?还想赖在家里不肯走。"我不知道母亲何故这么说。但父母都认为我威光低、魂度弱,才看得见鬼的;就再三叮咛我天黑之后不要出门,防有不测。我尽管觉得可笑,但瞧着俩老严肃的样子,就满口答应了。

这天夜里,我一直无法入眠;刚入睡又是梦,梦见自己在逃,却不知为什么逃窜?十分恐慌,七逃八逃就逃到一间破屋子里,却无处藏身;破屋子里空荡荡的,只有一个老瞎子,颤抖着双手,像瞎子摸象一样摸着墙头;我问他干什么?他说他要回家。我一把拉住他说,你不能出去,外面有人在追杀我。但老瞎子不听,他非要出去;我和他争吵起来,就突然惊醒了,吓出一身冷汗。第二天一早,我擅自从父母的小店里拿了一袋"北高峰"的料酒和两只酥油饼,偷偷地来到牛家,放在昨晚老人坐过的地方;又从屋前的树上折下一根活的树枝,斜靠在门边上。随后,我回父母家吃了早饭,就赶去县城会老同学了。

同学会设在蓝天宾馆,当年全班四十五个同学,只来了二十三个,个个事业有成、家庭幸福。宴会从中午一直闹到傍晚,大家喝了很多酒,就说起三个已过世的同学;一个当交警的,去处理一起车祸的途中被另一起车祸夺去了生命;一个老板患了绝症,不治身亡,年仅三十九岁;一个官至反贪局副局长,出了事,就自行了断了。也不知怎么的,我就说起牛伯,就搬出昨晚母亲说的话:"过了头七,逝者就会从埋骨的坟墓里回家来一趟,看看他生前的院落和屋子,他种下的花草树木,他打下的粮食,他坐过的板凳、睡过的床和用过的器物,他养过的禽畜……总之,但凡他生前的一切,他都会一一看看、摸摸;这天他的亲人们要远远地躲出去,把生前的家完整地还给逝者,出门时还要准备一根鲜木棍安置在门口,好让逝者离开时沿着木棍,爬上墙头,拐上屋顶,再攀上更高的树梢,化作一缕青烟,飘然而去。从此与生者两不相扰。"大家放下酒杯,直愣愣地瞪着我。我又自说自话道:"知道人为什么有灵魂吗?因为他是人。"

大　坑

小时候我一直以为苏大爷是个孤老头子,但他死倔,政府给他评"五保户",他就凶神恶煞地跟人急,死也不要。长大后我才知道,他的家人多着呢,只是他们都去了那边,这边就剩下他一个人了。他就像余华小说《活着》中的男主角,经过一个八年和又一个三年的时间,家人都走了,就留下他守着一户偌大但又空荡荡的人家。

这时候他已经七十出头很多靠八十岁了。

苏大爷病倒了,而且要死要活地大病了一场,谁见了只剩下一把骨头的他都摇头,但只有阎王老爷没有摇头,所以这把老骨头又起来了。只是病坏了他的脑子,之后尽做些傻事。他居然想拿自家的良田,要跟人家换乱石岗的那块荒地。这种缺德事谁敢答应啊?做了要折自己阳寿的。再说这块荒地又不属于谁家,而且派不来一点用场,所以大家一致认为,既然他要那就给他吧。

说到这个乱石岗,我们都会后背上冒冷汗。过去,有乞丐或流浪汉冻死在路边,或者穷人家有夭折的孩子,就用草席儿一裹扔到乱石岗上了事。所以,乱石岗上蛇鼠一窝,且有秃鹫在后,最可怕的是经常有野狗出没,红了眼睛,看谁都像看死人似的。小时候我总是远远地绕着它走,实在绕不过去,就通过尖叫加奔跑的方式,迅速穿过那个恐怖地带。谁也不知道苏大爷要做什么?难道他选择这个乱石岗作为……但是不可能啊!苏家另有墓地,而且他的归宿早就准备好了。

　　那年秋天,苏大爷在杂草丛生的乱石岗上放了一把大火,化了那些死人白骨,也赶跑了一窝窝蛇鼠,然后用锄头开荒。这无疑是件顶傻的事。家有良田他不用(给了人家种),还开什么荒吗?而且他在乱石岗上种的是果树苗。果树生长期比较长,苏大爷又毛八十岁了,他还有几年好活呢?他还能吃到自己栽的这些果树上的果子吗?再说要吃果子,他可以买啊,他又不缺钱。村里人瞧着这位满头白发的老头不免可笑,这老家伙图个啥呀?但是谁知道呢?问他劝他他只是笑笑,就见他候到暮春或深秋,今年在这边乱石间种两株桃树,明年在那边乱石间植两株梨树;过了种植时节他也不闲着,用一只小木桶拎上半桶水或粪便,给果树浇水或施肥。

　　谁知几年下来,昔日的乱石岗竟成了果园,杂七杂八的果树先后开花结果了。昔日村里最荒凉的地方,倒成了现在最美丽的风景。苏大爷也依旧的傻,还在继续种植果树苗;只是累了的时候(其实他大部分时间都是累的),他就坐下来,看看这些果树,高高矮矮地站在他面前;听听这些果树,在风中哩哩哇哇地说话……他爱这儿的每一株果树,它们都是他的亲生儿女。说来也趣得很,苏大爷享年九十高龄,在他乘鹤西去前,还是享用了几年他手栽的果实。对于果实,苏大爷并没有占为己有的意思,成熟时，他自然要摘点尝尝的，但不多；就任凭村里人或过往行人自由摘食，尽情品尝。有时候一夜之间就让人采尽了，他也无所谓，倒是不少人都气不过，站出来替苏大爷说话。

后来，苏大爷过世了。早已出落成果园的乱石岗，便没有了主人。对于村里人来说，它也就是属于大家的。正因为如此，每当进入成熟期时，往往果实远没有熟透，就被抢得一干二净。这些已经可以吃了，但不是最好的果子，吃起来的味道自然少了甘甜，多了苦味。更奇怪的是，后来这个果园划为集体财产，成熟期由民兵守夜，也不乏偷窃者；谁知这些果树颇历变易，几番沧桑之后，有的味道更甘美了，有的则又苦又涩，竟成了苦果。后来，这些果树被定性为资本主义尾巴，是诱引人们犯罪的毒瘤，被彻底砍除了。为了达到更彻底的效果，农业学大寨那会儿，村里人将村口那个大池塘填平了，改造成了良田；而用了两个冬季的时间，想在乱石岗挖一个大池塘的，结果只挖了一个大坑。因为那是高地，无水。

这个大坑至今尚在，如果你去豆村，我可以带你去瞧瞧；很大的一个坑，在高岗上，朝着天空，没有水，倒像一只没有乌眸的巨眼，空得叫人心慌。

单　车

男人的单车丢了。

单车半新不旧，有四五年骑龄了，记得他和她刚恋爱那会儿,他们去玩山,把车停在山下;他用链条锁把两部单车锁一起,结果两部车一起丢了。第二天,他就去买了部新车,他骑,她乘;开始她乘车后架,后来乘车前杠,再后来就下车上红地毯了。

男人的厂子在郊区,上下班有公汽;单车就冷落在厂子的车棚里,也不常用。偶尔下基层,以车代步,图个方便。男人的同事们中,没有单车的倒在大多数,都认为单车实在是可有可无的东西。但男人不这么想,单车在时果然可有可无,一旦没有了却很不方便。有时候不光下基层,他也到郊区别的地方。

男人决定去买一部新的。

同事们都劝他,再寻寻看,说不定丢在厂部的那个旮旯了。这种事常有。要不然,去旧货市场搞部二手车吧,既经济又安全。再说,厂部到基层一炮仗路,没有单车也无所谓,步行还能健身呢。

男人笑笑,不作回答。

男人的女人丢了。

男人和她结婚三四个年头了。这三四个年头,就像三四座大山。男人累了。女人也累了。男人累了,就半夜半夜地拖朋友在外面喝酒,斗地主;女人累了,也半夜半夜地找小姐妹卡拉OK,泡舞池。发现单车丢了的前两天,男人发现他的女人丢了。是他将她丢了呢?还是她把自己丢了呢?他没有去细思量,但总之是丢了。他还知道她丢在了那儿。

让男人愤愤不平的是,那个男人比他老,比他丑,收入也比他低。

更让男人痛苦不已的是,静下心来想想,他还是爱她的,他是她的初恋,她也是他的初恋。

过了两天,男人的单车就丢了。男人回到家里,和女人说起

了那部半新不旧的单车。那部单车驮过他们不少故事,有风花雪月的,有花前月下的,有醉生梦死的……许多,现在回想起来,依旧历历在目,依旧如梦似幻,依旧拨弄得心弦颤颤的,如春风吹拂过林梢。男人和女人在单车的故事,在他们自己的故事中发呆,呆呆地你看着我看着你。良久,女人重重地叹了口气。女人说过去的事情还提它作什么!女人又说车子丢了就丢了,你再买一部新的吗?你现在正当年富力强,功成名就,男人魅力四射的时候,买部新车绰绰有余。男人苦笑道,但我想找回那部旧车,那可是我的单车。

女人摇摇头说,你又何必呢!

男人的神情固执而又霸气。

女人又说,我不想再爬三座山,再吃两遍苦了。

男人默然了。男人在心里对他自己说,是啊,我们在一起不会幸福的。

女人再说,就此推翻三座大山,大家解放吧。

男人想也只能如此了。

等忙完他和女人之间的事情,已经过去些时日了。这天,男人在开水房旮旯里,在一丛美丽的芭蕉树后,意外看到了那部丢了的单车。偷单车的家伙,只取走了单车上几个主要零件。男人过去拎了拎,估计拿去修的费用,与买一部也差不了多少,就掸掸手走了。

男人不听众人的劝告,当天买了一部崭新的单车。

新车骑了不到两天,又丢了。

每天清晨,男人去开水房打水,都忍不住去看芭蕉树后的单车,经过几番雨,该锈的地方都锈了,铁锈跟血似地流了一地。男人心里偶尔也会闪过个念头,拿去修一修也还能骑的。但念头仅仅是念头。男人开始习惯无车的生涯了。其实步行去基层挺好的，边走边看看风景，安全又轻松。

女人很快又结婚了。

新郎官就是那个比他老比他丑比他收入低的男人。

女人曾经对他说过衰老是女人的地狱。女人其实还年轻，但女人比男人更敏锐地感到自己的吸引力在衰退。这就是女人害怕岁月流逝的真正原因。对于女人来说，即使是再婚，能早一天嫁出去也是好的。而男人压根儿不在乎年龄，他没有结婚。每每有朋友关注他有个人问题，他就戏谑道：离婚是觉悟，再婚是执迷不悟，不结婚是领悟。大家听了就哈哈哈一笑。

单身贵族的男人，生活并不缺少女人。

第一千零一种爱

早晨，父亲出门时，对母亲说了句什么；母亲没听清楚，就胡乱地应了声。母亲当时在阳台洗衣服，没在意他，老头子要出去就出去呗，哪来介多事儿？等母亲把家里的事弄明白，准备午饭时，见父亲还没回家，她就琢磨起父亲的话来。他是说我去理个发？我出去走走？我去看场电影……母亲作了种种假设，但都不可能；那父亲到底说什么呢？母亲边做饭边等父亲回来。

中午十二点，父亲没回家。下午一点，父亲没回家。下午二点，父亲没回家。母亲急得像油锅上的蚂蚁，给大哥、二哥和我打电话。我们都劝慰她没事的，叫她先吃饭。但母亲哪咽得下呵。下

午三点,母亲在电话里哭了。我们这才感到事态严重,从四面八方赶到父母家。母亲愁得像啥似的,被我们团团围着,问父亲到底哪去了?母亲说他早晨出门时,倒是说啥来着,但她没听清楚。大哥就火了,父亲到底说啥了?这肯定是个事儿。二哥问母亲,家里最近有啥事吗?母亲摇摇头。我安慰母亲,父亲既然说了,肯定被啥事耽搁了,别急,说不定父亲这会儿就回家了。

但父亲没回家。大哥问父亲大概说了几个字?母亲说也就三四个字吧,很简单的。于是,我们就开始猜字,等二哥说出"我走了"三个字时,大家都愣住了。我们看着母亲,母亲慌忙地点头,又慌忙地摇头。"我走了"可以表示父亲"出门去",也可以表示父亲"离家出走"。当大哥问父亲会不会离家出走时,母亲终于忍不住哭出声来。

父亲一向是个窝窝囊囊的男人,老实厚道,挣钱又少,常常挂在母亲的骂嘴上;但最窝囊的男人,他的忍耐也是有限度的。大哥责备母亲,哭有什么用?你老是说他做什么呢?都这么大年纪了,平安就是福。二哥也劝母亲。但他们劝人的话,却像一把把刀子直捅母亲的胸口。母亲到厨房洗了把脸,就要出去。我拉住她,妈,你去哪儿?母亲说我去找你爸。我说你到哪儿去找他?母亲说我去报警。我说父亲失踪才几个小时,派出所不受理的。母亲跌坐在地上,再次哇地大哭起来:这可怎么办呀,我的老头子啊!

还能怎样呢?找呗!大哥说。

可是怎么找呢?二哥和我问。

我们盘算起父亲的社会关系(他可能会去找的人),亲人,除了三个儿子,好像没有其他亲人了;朋友,父亲有朋友吗?好像也没有,父亲不喝酒不抽烟不下棋不唱戏不和人来往;同事或熟人呢?好像也没有,从没见过有人来找父亲,或者他去找人的……

父亲永远是孤独一人,即使和母亲走在一起,也是母亲在前,他背着手跟在后。换句话说,我们没有人可找。我心里咯噔了一下,突然可怜起父亲来,这些年他就活得像个影子。

大哥有小车,二哥有摩托,他们说出去碰碰运气看;叫我留守家里,陪着母亲,等父亲回家。他们出门后,母亲抽抽泣泣、絮絮叨叨的,说她今儿个真的没说父亲;我瞧着她像一个做错事的孩子,突然显得那么苍老。我心痛痛的,我说爸才出去了几个小时,妈你就急成这样,说明爸在你心中的地位很重啊;等爸回来了,我们都要对他好一点。正说着,父亲倒是土头灰脸地回来了。我急忙问道,爸你去哪儿?一家人都为你急死了。父亲却坐到沙发上拍打着自己僵硬的双腿,说他走岔路,走到城外去了。我说这么晚了,你咋不打个的回家呢?父亲也像做错事的孩子,回头瞧瞧母亲,说浪费那钱作啥?

我连忙通知大哥二哥,父亲平安回家,解除警报。大哥让我问问爸,早晨他出门时说啥?我问了,爸说我问你妈,没事吗?你妈说噢,我就出去啦。切!我摇摇头,告辞了。我刚出门就听父亲在求母亲,你怎么啦?你倒是说话啊。突然,母亲又开骂了:你个死老头子,你到底死到哪里去了?你还回家作啥?

清晨的茉莉花

每次上北方,一杯茉莉花茶在手,就让我心暖得像回了老家,回到了童年时代。

江南的老家不喝花茶,嫌茉莉花香得艳,香得俗。老家人喝西湖龙井,喝黄山毛峰,喝无锡碧螺春。江南人娇起来,也是没底的。但我喜欢茉莉花,喜欢她洁白如米的小花,喜欢她晚来飘逸的清香。其实茉莉花香得不俗也不艳,而是清丽沁人的。我至今还记得奶奶的窗前有七盆郁郁葱葱的茉莉花,在青麦没膝的五月次第盛开,清香袭人。

　　据说,那七盆茉莉花是奶奶全部的嫁妆。

　　还是小姑娘的奶奶是很有些爱情的。她和河那边的穷小伙相爱了。月亮很好的夜晚,奶奶和穷小伙爱并肩坐在石板桥上,看撒满银子的河面有如剑的菖蒲丛随风摇曳,听河水汤汤的流淌声而莫名地幸福。感到好幸福好幸福的夜晚,奶奶就会下桥,卷起裤管,下到河里洗头。奶奶在月光下洗头的情景一定很美很美,就像七仙女下凡。穷小伙匆匆地跑走了,又匆匆地跑了回来。等奶奶洗好头回到石板桥上,等穷小伙用捏惯铁锄的粗手,捏起牛角梳子轻轻地梳理她如瀑的秀发时,突然,奶奶的头上像有千朵万朵茉莉花开了。那个香呀,奶奶她醉了。

　　非你不娶非我不嫁的传统信誓,奶奶和穷小伙不知说过多少回。

　　但她们说了不算。那个时代,奶奶的幸福得由曾祖父曾祖母做主。也还是小姑娘的奶奶,就被她的父母做主嫁给了远村的我的爷爷,而不是那个穷小伙。奶奶出嫁的前一天晚上,被父母看得紧紧的她,突然嗅到了窗外的茉莉花香。穷小伙告诉过她,茉莉花白天不香,夜里才香呢。于是那突然出现的七盆茉莉花,成了她心中唯一的嫁妆。只要她活在,她走到哪儿,七盆花就在哪儿。于是,奶奶的嫁妆中就多了这七盆土得掉渣的茉莉花。

　　除此之外,奶奶显得很平静。

倒是那个穷小伙,据说当天晚上就离开了村子,有人说他去县城了,有人说更远,怕是去了大省城,再也不回来了。

嫁过去的奶奶,辫子长过膝。第二天她早早地起来,梳头了。在我们老家,女人家梳头是件冗长的事情,是每一天的晨曲。她们坐在次第清亮起来的房檐下,朝里而坐,边呼吸着乡下清新的空气,边细细地对着镜子,用牛角梳子专注地梳理起长发来,一小束一小束,一点油一点油,把秀发梳理得一根是一根的。她们在对镜梳妆时,在长时间和自己对视中,会在心里把一些事情过一遍,想想别人,再想想自己,再燥的心也淡了,也平和了。那茂密而又乌黑的长辫子,被奶奶平静地盘起来了,盘成传统妇女的牛粪头,套上黑黑的网罩,用长长的银簪子别住。这时候东方已是满天霞光了。

把自己梳干净的奶奶,是个收拾得精致和美好的小嫂儿。这时候,奶奶的身上满是茉莉花香。她已经懂得如何让千朵万朵的茉莉花盛开在自己的头顶上了。但你看不到她头上的花朵。乡亲们都亲切地称呼我奶奶是个香人儿。但没有人知道,嫁过来一年之后,奶奶才把自己的身子给了我爷爷,给的时候还是个处子。奶奶彻底征服了爷爷。

奶奶是那种冰层下激流汹涌的女人,抱住一个主意不放的女人。

但她又是个知书达理的女人。

很难说奶奶爱过爷爷,或许一点也没有。但奶奶把她的一切都给了爷爷,为爷爷生下了七个孩子,四男三女。平平静静、举案齐眉地和爷爷共同生活了四十余年。我是奶奶的小儿子的小儿子,我小的时候就寄养在奶奶身边。清晨,奶奶梳头时,我就坐在奶奶的木头门槛上,静静地凝视着晨光中的奶奶专注地梳理着,

一梳就是两三个小时。而我却非常的安静,傻傻地坐在门槛上,也不觉得无聊与寂寞,看看南方的天色,看看梳理中的奶奶,在渐渐弥扬开来的茉莉花香中,如痴如醉。乡亲们都说我小时候是个痴人儿,行为举止有点儿像越剧中的宝玉。我注意到生活中的奶奶和爷爷,整天没有一句话;他们从同一张床上起身,然后默默地忙碌了一天,又回到同一张床上去。他们的无言,那时候我以为就是爱,爱情的那个爱。

忽然有一天,奶奶娘家村子里的那个穷小伙,突然有了消息。消息说,他就在县城里,至今孤独一人。这时候奶奶已经五十多毛六十岁了。她听了,也没有笑,也没有哭,也不言语。第二天清晨,奶奶比往日起得早,梳头的时间也长;平日两个小时,这天梳了三个小时。这时候爷爷还在沉睡,香香的奶奶轻轻地掩上门,安静地走开了。

奶奶就这样失踪了。

三姑四伯的,奔波了好些时日,也没有找到奶奶。但他们倒是在县城找到了那个穷小伙,才知奶奶并没在他那儿。那她会去哪儿呢?这至今是个谜。每年清明,父亲带我兄弟仨去上祖坟,望着祖父身边空空的坟穴,我就无端地要痴想奶奶最后的出走,于是我的鼻尖就缠绕着阵阵茉莉花香。有一种花,你没有看见,却笃信它的存在;生命是一项随时可以中止的契约,爱情在最醇美的时候,却可以跨越生死。知书达理的奶奶,终究是个冰层下激流汹涌的女人。

清晨的茉莉花,非常的老式女人。

这辈子你去过哪儿

有个富三代,生来喜欢周游列国,到他五十来岁时,已游遍了世界;即使像南极这种人迹罕至的地方,也留下了他的足印。现在,他已经没有地方可去了。这使他非常苦恼。因为旅行是他的人生梦想,在路上是他的座右铭。但他的家人不明白他,世界之大,怎么会没有他可去的地方呢?他们扳起手指头来,把七大洲四大洋上的地名报了个遍,但回答他们的只有两个字:去过。

这天,他无聊之极,没有驾驶越野车出去,而是从家门口跳上一辆公交车,一直乘到城郊的终点站,然后漫无目的地朝乡下走去;行走是他唯一的目的,直到午后,饥渴交加,他才找到一户农家,对满头白发的老妇说明来意。老妇请他进屋,给他倒了碗水,又连忙做饭。他环顾四壁道:"大妈,家里人吗?"老妇说:"他们都出去了。"老妇有三个儿子,她所说的"出去",是指离开农村进了城。"那老伴呢?""十年前就过世了。""您一个人住不冷清吗?""不冷清,有老头子在。""他不是……""噢,他就在这儿……"老妇指指屋后的小山坡。

饭后,老妇又给他倒了一碗水。"家里连颗茶叶也没有。"她非常抱歉道。他笑了:"白开水就很好啊。""先生从哪儿来?"她问。"县城。"他答道。"到哪儿去?""随便走走。""跑这么远做啥呢?""不做啥。""多可惜啊。""为啥?""你啥都不做,跑那么远不可惜了吗?""不可惜,随便看看嘛。""看到啥了?""看到田野、小

山、农舍,还有大妈您……""看了有啥用呢？""没啥用。""那还不是可惜了！"老妇说着不好意思地笑了,满脸小河般的皱纹。

　　对他来说,从县城跑到这乡下,不过三四十里路,算个啥？他连南极都去过。想到以往种种天南地北的经历,他不禁问老妇："大妈,您这辈子去过哪些地方？"老妇摇摇头,她哪儿都不去,就待在村里,一辈子足不出方圆十里。现在轮到他替她可惜了,外面世界多大、多精彩,不出去看看太可惜了。但老妇不可惜,她说她的大儿子和小儿子就在县城,老头子去了就后悔,出门朝东朝西都分不清,那种地方要天没天,要地没地,夜就更不像个夜了；外面千好万好,哪有家里好？家里有天有地有山有水有田有菜有鸡有鸭……还有老头子,日子就过得踏实。"话不能这么说。"他反驳道,并列举了自己去过的世界各地,老妇听到"罗马"二字,说她听说过这个地方,便问那里的天气怎么样？土地怎么样？他们都种些啥庄稼？他竟一问三知。"哪你去那儿做啥？""随便走走看看。""有啥用呢？""没啥用。""那没啥意思。老头子在时对儿子们说过,你们要是不晓得去做啥,那去最多的地方都是空的。"

　　他被老妇说得不好意思,搔搔头皮道："大妈,您就没有一个想去的地方？"老妇想了想道："有啊。""哪儿？"他忙问。"天堂。老头子在那儿等我呢。"老妇又问他："那你呢？"他苦笑道："我啊,现在只想回家去。"他告别了老妇,朝县城而去；路上他不断地问自己:这三四十年来,我去过世界各地,是为了去过那些地方而去过那些地方吗？那我的人生呢？

捡只破皮鞋回家

哇,这天傍晚总算给我捡到一只破皮鞋。我激动得将垃圾房翻个底朝天,想再捡只破皮鞋,好事成双,但是不能够。因为众所周知的原因,这两年垃圾中皮货奇缺。孩子们期待已久,但我总是叫他们失望,孩子他妈也多有怨言;这回终于让我捡到了,他们不知有多开心呢,想到一家子那个欢乐的劲儿,我早就按捺不住了,起身往家里赶。

我有三个儿子,老大五岁,叫今天。老二三岁,叫明天。老三一岁多,刚生下来,我叫他后天;但孩子他妈坚决不同意,她说我就这点眼光,今天后面是明天,明天后面是后天,她要再生一个,是不是就叫大后天?难怪我捡了这么多年破烂,也没捡出个名堂来。她要我把眼光放长远。可我哪敢把眼光放长远啊,今天还不知道明天怎么过呢?说来也巧,隔壁传来气象预报的声音:"未来三天……"我灵机一动,就给小三取名为未来;孩子他妈一听就乐了,抱住我乱啃,夸我太有才了。其实我有啥才呀,也就捡破烂的命。

当我赶到家,举起破皮鞋叫大家看时,孩子们一片欢呼声,拥过来抢,我叫孩子他妈洗洗,洗干净了再给大家舔,卫生一定要注意。于是,孩子们簇拥着孩子他妈去了。老大今天,捧着滴水的破皮鞋,深情地舔了一口:"啊,我终于尝到果冻的滋味了!"老二明天,抢过破皮鞋,也深情地舔了一口:"哇,老酸奶呵。"孩子他妈从老二手中要过破皮鞋,交给小三未来;未来病了,他不肯

吃药,孩子他妈就叫他也舔一口;她说舔过之后再吃药,就等于是吃有了胶囊的药,就不苦了。但小三舔了破皮鞋,再吃药还是苦的,他就哭着喊道:"你骗人,你骗人,药还是苦的。"老大和老二只舔了一口,不过瘾,趁小三吵闹地当儿,他们又抢来抢去地舔那只破皮鞋。好不容易盼到的宝贝,大有一次舔个够的架势。我连忙夺过那只破皮鞋说:"少吃多滋味,你们不要舔多了,吃过了肚子。"我把破皮鞋交给孩子他妈放起来,明天再舔了。

孩子们依旧吵吵闹闹的,我说好了好了,老爸给你们讲故事吧。听我爷爷说,当年红军长征,爬雪山过草地时,就将皮带啊皮鞋啊剪了拆了,放在锅里煮来吃,你们知道为什么吗?老大今天聪明,抢先答道:"他们想吃果冻。"老二明天也不傻,他说:"不是的,他们想吃老酸奶。"小三未来哭着叫道:"他们怕吃药,才……才……"我笑道:"乖,你们答得都对,他们啊,有的想吃果冻,有的想吃老酸奶,有的病了怕吃药,所以就煮来吃啊。好的,不早了,你们都去睡吧,明儿个老爸再捡两只回来,给你们每人发一只,捧着你们的果冻老酸奶边舔边睡呵。"

"真的?"老大今天眼睛放光。

"真的?"老二明天眼睛有电。

"真的?"小三未来吵着说:"我不要吃胶囊,我要吃果冻老酸奶。"

我说:"当然是真的,你们等着吧。"

入夜,我搂着幸福的孩子他妈,她有些不放心地问:"你明天到哪儿去捡啊?老是跟孩子们说大话,这样多不好。"我说:"你放心吧,我会捡到的。"我舔着她胸前的两砣果冻,由衷地感叹道:"你也该洗洗了,不然真成了老酸奶。"

第二天,我早早地出门了,满怀我希望地去捡破烂了。

燕子南

　　深秋的一个晚上,燕子南忽然想到故乡合肥,那种思乡之情犹如钱江潮把他淹没了。燕子南对妻子阿慧说,我想回一趟老家看看。阿慧知道丈夫老家没什么亲人,就问他回去看什么呢?燕子南愣了一下,是啊,回去看什么呢?他没有想过,也不知想看什么,只是那股思乡之情像九头牛一样拉着他走。他还是想回去看看。阿慧见丈夫固执,就鼻腔里出气,哼了一下,翻身朝墙睡了。

　　燕子南回老家了。燕子南到合肥时是下午三点多,从合肥火车站到老家的蓑衣巷有六七里路吧,燕子南没有叫的士,二十一年没有回老家了,他就想慢慢地走走,慢慢地看看,认一认回忆中的街市的容貌。老家的变化让燕子南有点头晕,有点找不到北,他七走八走天一个劲地暗下来,但蓑衣巷似乎离他越来越远了。在一个叫亭子里的地方,天完全黑透了,燕子南不得不叫了出租车,让这种包打听式的车子把他带到他梦中的故乡。的哥对蓑衣巷倒不陌生,问燕子南是不是回去处理旧房的。燕子南含糊地应了声。的哥说那里拆得差不多了,听说要造一条商业街。是吗?燕子南说。的哥把燕子南掼在蓑衣巷的巷口,在黑沉沉的夜色中,燕子南所面对的是一片破败的废墟。他简直不敢相信,难道这就是他梦里早已神游千百度的故乡吗。

　　不管怎么说,既然来了,就走一走吧。燕子南落寞地走在一片废墟中,直到他看到那爿孤零零的小店醒着灯光。灯光幽暗,

像个孤独老人嘴边的烟头,随时会熄灭似的。他不知道自己的脑子跳出这样的念头。他走向那一星灯火,店实在小得可怜,柜台里有个中年妇女在打瞌睡。他愣了一下,这不是小娥吗?只是有了年纪而已,人一点也没有走样;哪像阿慧,爬过三十六,人就横向发展了。他说要一包红塔山。女人漠然地把生意做了,又趴下去打瞌睡了。他却憋得脸通红通红,心都快飞出身外了。当他看到小娥时,他才终于明白他为何如此固执地要回来看看。他就想看看小娥,他走后还过得好吗?他用挤压了太久的声音问,你是小娥吗,我是子南啊。女人问哪个子南?见女人这么问,燕子南羞怯地说,对不起,我认错人了。他打开烟盒,抽了一支,点上。

那年小娥找到他,告诉他已经有了,有了他的骨肉时,不料小娥的父亲带了一帮人赶来了,非要把他揍死不可;他在小娥的帮助下,逃啊逃,最后逃到了杭州,生了根,有了家。这是他始料不到的。其实他心里一直惦记着小娥,可很多事情是不以个人的意志为转移的。燕子南离开了小店,离开了那条空荡荡的巷子;他敢肯定小店里的女人就是小娥,她不愿意认他总有她的理由。他应该知趣地走开才是。当晚燕子南回到火车站,买了午夜的车票,回杭州。

我们头儿

我们头儿是个懒汉,每天清晨来工地上到一到,把我们今天该做的任务交代之后,就不知溜哪儿去睡回笼觉了。有人说,他就躲在一扇玻璃窗的背后,在高处,正暗暗地监督着我们呢。这个说法是毫无根据的,因为工地四周既没有窗户,也没有别的建设物;而且我们在工作中碰到困难需要向他请示时,也找不到他的身影,不得不自己想办法自行解决。长此以往,我们头儿深感自己对下属的工作情况缺乏了解,无法对我们进行公正的评判和实行合理的经济考核;于是,这个懒汉就把经济考核的"鞭子"交了出来,请我们自己来"挥舞"。

为了做到公开、公正、公平,我们头儿规定如下:第一,每月由他指定我们中间的一人作为考核员,对每个人在本月中的工作业绩进行分等考评,等级分直接与月收入挂钩。第二,不得搞平均主义,月收入必须拉开差距,也分 A、B、C 三等;我们中间每月至少有 10% 的人得到嘉奖,有 10% 的人受到处罚。第三,每月受到嘉奖与处罚的人,不得是考核员本人。第四,任何人必须对全体员工(包括自己)在本月的出勤、出力、出错等工作情况做好记录,以备作考核员之需。第五,考核员对全体员工的经济考核负责,必须做到"三公",并在考核中说明分等理由和奖罚额度。第六,考核员如被举报弄虚作假,并查实在考核中存在错误的,将视其情节轻重做出加倍处罚,或永远取消考核员资格。第七,只要考核合理,任何人都不得打击报复考核员,违者不论情节轻重,一律解除劳动合同。第八,同一名员工在连续十二个月中,最多只能担任两次考核员。有了我们头儿的这"懒汉八条",整个工地顿时沸腾了,每个员工的自我感觉都非常好,好像当月的考核员非他莫属。

有一段时间,"俺是俺的爷!"这句话在工地上非常流行。每个人都具有高度的主人翁精神,工地上的人与事,不论巨细,大家都看在眼里,记在心里,抢在第一时间把它做好。正因为如此,我们头儿更懒了,后来连每天清晨到一下、布置一下工作也免了,十天半个月不见他的踪影,但工地上的工作却比过去更加顺利更出成效。这是因为每一个后备考核员都比过去更加严格地监督着他人和自己,而且一旦被头儿选中当了考核员,就铁面无私、大义灭亲,真正在考核中体现"三公"。有人说头儿这么做,那是发动群众斗群众;也有人说他调动了群众的主观能动性和主人翁精神。现在,我们头儿压根儿就不来管我们了,在这种头儿缺席的情况下,我们一个个成了头儿,或者我们自己以为是头儿了。

"懒汉八条"实施一周年后,我们头儿就把当过考核员的九名员工,请到一家酒楼里"撮"了一顿,并象征性地发给每人一元钱,以作精神鼓励。我们头儿将他的懒惰法子称之为"驴子理论"。这套理论的精髓是:首先给予驴子以驴子主人的政治地位,然后将主人的鞭子交给它,驴子就会自觉地高高扬起鞭子,以驴子主人的态度狠抽自己。唉,我们头儿绝对是个懒汉,他总是在我们埋头苦干的时候,不知溜到哪儿去想他那偷懒的法子了。

三叔的茶壶

三叔像只老猫趴在柜台上,捧一把茶壶,歇会儿就嘴对嘴"咕噜噜"地喝一口老酒。对,是老酒,不是茶。三叔那把大肚子茶壶就是用来装老酒的,要不,三叔还能叫"老酒瓮"吗?三叔拖拖沓沓地喝一口老酒,就有一长串响亮的"咕噜噜"。这是老酒香喷喷穿过壶嘴进入他嘴里的流动声,三叔听了心里非常惬意。三叔就好这一口。做人吗,你总得好一口。不好这一口,就好那一口,这才叫作人。所以三叔有空捧茶壶时,就捧得拖沓,因为拖沓能成倍成倍地延长了这份惬意。就像一分钱买到了二分甚至三分钱的东西,能不叫人快活?

这时候,三叔爱把他那双老眼放到燕子路上跑,奔叽奔叽的。如果从路上捉到一个或几个过路人,又碰巧是本地人,又碰巧生活不如三叔,三叔就会在心里对自己说,知足吧你,你瞧瞧人家那是啥生活?自己又是啥生活?然后老嘴一抿,把嘴里含了好一会儿的老酒"咕噜"一声咽下去。乐胃啊。三叔心说这才叫作人的滋味。有时候路上清静得连根人毛毛都没有,三叔那双老眼就会横开去,在路两边的田野里扫来扫去;田野里也没有人,他就会在心里轻轻地叹口气,有种快活无人分享的淡愁,便眼睛一抬朝天高头望去,有云看云有鸟看鸟,没云没鸟就看空天。这短命的天也不知咋的,现在连只短命的麻雀都看不到,三叔那份小快活也就没了落处,心里空落落的。

三叔又"咕噜噜"地喝了一口老酒,含在嘴里,温上。也真有三叔的,他把自己的嘴都当作温酒的小火炉了。这毕竟是正月里头,气候和大冬天没啥个两样,这口冷酒喝进去可真够三叔那些老爷牙齿受的。但这在无事来店里孵孵的老哥看来,那绝对是享福啊。刚才他们嚼舌头嚼得真起劲时,就因为这口香喷喷的老酒而中断了。老哥死死地盯着三叔两头鼓的青蛙嘴,只有等待,只有等三叔嘴里那口老酒暖了,"咕噜"下去了,他们的白话才得以继续。这还不叫享福,哪什么叫享福?这方圆二三十里,谁能够整天像喝茶一样喝酒?我看也就三叔这么一个吧,一张老脸整天红喷喷的,连纵横折叠的新老皱纹里都折射出香喷喷的红光来,与众不同得很哪。这位老哥就赞不像赞骂不像骂地说,说汪名堂啊汪名堂,你个贼坯哪来介好的福气呢!

三叔听了就嘿嘿傻笑,就把大肚子茶壶直挺挺地指过来,横越柜台,一直指到老哥的鼻子底下。

三叔实敦敦地说,来一口来一口。

老哥的脸顿时像投石的湖面有些东西从湖底泛上来了,荡漾开来了,但双手却接不像接推不像推地挡住了茶壶。三叔就生气,他略带酒意的手粗鲁地对待那把茶壶,让它在摇晃中冷不丁地会跌出些许酒香来,怪叫人心疼的。三叔就骂人,就骂老哥嫌我喝过的脏还是咋的了?当然不是这个问题。谁会嫌酒脏的?我想嫌酒脏的人生都没有生出来呢。这个老哥就未酒先醉地红了脸,就从三叔手中虔诚地接过茶壶,就声音夸张地喝上一口或两口,最多不超过三口,就啊啊地狠啧自己的舌头。

三叔就从哪只瓶瓶罐罐里抓点过酒的东西,几颗兰花豆,或一块小糕饼,递给与他分享了喝茶一样喝酒的老哥。这不能不让这个老哥害怕似地尖叫起来,表示拒绝。但谁能拒绝三叔的诚意呢?老哥最后几乎是庄重地接在手中,好像这几颗兰花豆早已不是什么兰花豆了,而是嵌了稀世之宝的皇冠。

有时三叔吸动茶壶嘴时发出的声音,不是"咕噜噜"的水流声,而是"呼呼"的风流声,空洞得要命;三叔一掂茶壶果然轻屁屁的,空了。三叔坐在柜台里面的高脚凳上,也不起身,只是侧了侧身子,就摘下后墙上挂的竹提子,下到半身埋土半身露外的老酒坛里,滴哩嗒啦地吊上来满满一提子酒,大大咧咧地注入那把紫砂壶里。这情景让老哥们艳羡得不得了,他们把自己的头都摇落了。

还是那句赞不像赞骂不像骂的说话:

汪名堂啊汪名堂,你个贼坯哪来介好的福气呢!